Peter Zingler - Der Tod des Schamhaars

W0300872

Peter Zingler

Der Tod des Schamhaars

20 Stories aus 30 Jahren

verlegt bei Vitolibro

Vitolibro ist ein neuer Verlag. Der Schwerpunkt des Programms liegt auf der Wiederentdeckung zeitlos guter, zu Unrecht vergriffener Bücher. Und **www.wiederlieferbar.de** ist ein Forum für Neuausgaben in Form von Ebooks – für die Backlistpflege der Autoren und die Entfdeckerfreude der Leser.

Impressum

Diese Geschichten wurden von
Peter Zingler neu zusammengestellt.
©Vitolibro (Vito von Eichborn e. K.), Malente, März 2015
Umschlag- und Innengestaltung: Maja Wibben
Motiv: Doris Lerche
Foto: Margot Hammerschmidt
Druck und Bindung: CPI, Leck
Printed in Germany ISBN 978-3-86940-103-4
Weiteres finden Sie unter **www.vitolibro.de**

Inhalt

Vorwort

Als ich vor etwa 30 Jahren, damals noch im Gefängnis, mit dem Schreiben begann, waren es Kurzgeschichten, immer wieder, immer weiter Kurzgeschichten. Es gab so viele Themen, und ich fand es einfacher, sie kurz und bündig zu erzählen. Ich konnte gar nicht verstehen, warum man unbedingt Romane braucht, um eine gute Geschichte zu erzählen. Später waren meine Reportagen auch immer auf den Punkt. Warum muss Erzähltes ausufern, nur weil man es aufschreibt? Ich wollte viel erzählen und deshalb kurz. Da einen die Dinge am meisten beschäftigen, die einem fehlen, ist es nur verständlich, dass im Gefängnis die Erotik zum Thema Nummer eins wird und Phantasien und Erzählungen geradezu erzwingt. Wer hungrig ist, denkt laufend ans Essen, und das Erträumte ist oftmals viel besser als das, was wirklich auf den Tisch kommt.

Die hier vorliegenden erotischen Stories, Beziehungsgeschichten, Krimis oder Alltagsereignisse sind teilweise Jahrzehnte alt, aber sie haben nichts an Aktualität verloren.

Peter Zingler 2015

Der Tod des Schamhaars

Betrachtungen eines nostalgischen Schwärmers

Die so genannte gute alte Zeit war für den, der sie erlebt hat, meist eine schwierige oder aus damaliger Sicht sogar eine schlechte neue Zeit. Trotzdem gab es feste Größen, auf die man sich verlassen konnte. Eine davon war der Griff ins weibliche Höschen und das Wühlen in seidig-weichem oder wahlweise bürstigem Schamhaar. Mann war am Ziel. Fast. Mensch war das schön! Und heute?

Wo selbst moralisch unverdächtige Presseorgane sich mit dem Thema beschäftigen, muss man einfach einmal darüber reden! Weibliches Schamhaar ist mittlerweile so selten geworden, wie der vom Aussterben bedrohte Bär. Nach dem Verschwinden von Achsel- und Beinbehaarung ist seit einigen Jahren auch an der Scham die Vollglatze angesagt. Eine Mode, der flächendeckend vor allem junge Frauen erliegen, aber neuerdings gibt es auch mehr und mehr Männer, die sich ihren Brust- und Schamhaarschmuck restlos entfernen. Was ist da los? Schließlich ist das Schamhaar ein Zeichen von Reife. Früher, in der Pubertät, wurde es heiß ersehnt und, als es endlich da war, heimlich vorgezeigt: Schaut her, das IST ein HAAR! Hurra ich bin erwachsen!

Bei Männern erklärt sich die neue Körperenthaarung wohl mit der steigenden Selbstverständlichkeit des Homosexuellen und dem Eingeständnis femininer Züge. Oder einfach mit der Forderung des Weibes, warum nur Du? Auch ich will alles sehen! Starker Bart-, Bein- oder Achselbewuchs bei Frauen erweckte bei uns Jungs die Illusion eines riesengroßen „Bären“, wie wir das Schamhaardreieck ehrfürchtig nannten. Wer wie ich, ein Leben lang in die Sauna geht, weiß genau, wann der weibliche Kahlschlag begann. Etwa 25 Jahre sind es her, es war noch eine der „Montags-Damen, Dienstags-Herren, Mittwochs gemischt Saunen“.

Das Zauberwort war „GEMISCHT“! Dort zeigte Frau ihr Bärchen, wobei der Schwarzbär die am meisten verbreitete Gattung war, dann folgte der Braunbär.

Am Blondbärchen hingegen erkannte man die echte Blondine. Damals sah ich die erste Totalrasur bei einer deutschen, nicht muslimischen Frau, Seitdem geht's bergab mit den Bären, besser gesagt haarab.

Gegen die Körperbehaarung im Allgemeinen kämpfen weibliche Schönheitsfreaks schon sehr viel länger. Im letzten Jahrhundert, zwischen den Weltkriegen, wurde es modern, die Achseln zu rasieren. Das hat nichts mit der Körperfunktion zu tun, denn die Schweißdrüsen arbeiten nach wie vor. Aber ist es wirklich hygienischer? Gründlich gewaschen riechen die Achseln, rasiert oder nicht, stets nach frischem Schweiß. An diesen Stellen Haare zu zeigen, schien den prüden Amerikanern, besonders den Sittenwächtern in Hollywood und den Frauen selbst auf einmal zu provokant.

Als der Neue-Deutsche-Welle-Star Nena vor 25 Jahren in London auftrat, waren der Presse ihre 99 Luftballons weniger Text wert als die schwarzen Haarbüschel, die frivol unter ihren Achseln hervor lugten.

Als Kind im Rheinland aufgewachsen erinnere ich mich an den passenden Spruch: „Herrjöttche steh mir bei - unter de Arme hat se auch noch zwei.“

Damit ist die Männerphantasie klar beschrieben. Und Madonna pflegte als Teenie ihre Achseln nicht zu rasieren, nur um zu signalisieren: „Seht her, so wie hier oben sehe ich untenrum auch aus.“ Die Beinbehaarung wurde in den dreißiger Jahren zum Feind der Frau, weil sie in den neu erfundenen Nylonstrümpfen platt gedrückt wurde und aussah, wie eine schlecht gemähte Wiese. Dabei galt weibliche Behaarung früher (für viele gilt das noch heute) als Aphrodisiakum für Männerhirne. Als Buben suchten wir gierig im Schwimmbad nach Frauen, aus deren Schritt im Badeanzug ein paar vorwitzige Schamhärchen herausschauten und kriegten prompt rote Ohren und nicht nur das.

In der klassischen Malerei des letzten Jahrtausends fehlte das Schamhaar stets, weil es zu erotisch gewirkt hätte. Stattdessen gab es immer nur rosa Venushügel ohne weitere Details. Erst bei den frühen erotischen Fotos des späten 19. Jahrhunderts wurde Wert auf starke Schambehaarung gelegt. So dicht, dass das eigentliche Geschlechtsteil unsichtbar blieb. Und Helmut Newtons „starke Frauen“ sind auch erst 30 Jahre her!

Alles war früher nur nach aufregender Suche zu finden, während es sich heute ohne Schutzhaar dem Betrachter geradezu aufdrängt. Seht her, so sehe ich da unten aus! Neue Frauenpower? Oder warum entblößen sich immer mehr Frauen dort, wo die Natur ein Geheimnis verborgen hat?

Die westliche Kultur begriff das Schamhaar als gottgegeben, im Gegensatz zu den Muselmanen, deren Frauen sich schon immer intim rasieren mussten. Gibt es da kulturübergreifende Effekte? Kopftuch nein, Intimrasur ja?

Ich befragte etliche Frauen aus meiner Umgebung und bekam von den jüngeren spontane und freimütige Antworten: Ja, sie rasierten sich, das sei hygienischer, das mache frau doch heutzutage, oder: das sei für alle ihre Freundinnen selbstverständlich. Aber einen triftigen Grund für die schwierige Intimdepilation wusste keine. Religion schlossen sie immerhin aus. Es sei halt „in" oder „cool", oder „die Männer wollen es halt so", war die häufigste Antwort.

Einige glaubten allerdings, ein paar Härchen müssten bleiben, damit es nicht aussehe wie bei einem Kind. Sonst käme man ja auf die Idee, der eigene Mann sei ein Pädophiler.

Wohin das führen kann, erlebte jetzt erst die berühmte Hollywoodschauspielerin Kate Winslet. Für ihre Oskar gekrönte Rolle in „Der Vorleser", der in den Fünfzigern spielt, musste die Dame ein „Schamhaar Toupet" zur Hilfe nehmen, weil durch ihr jahrelanges Waxing auch bei Nichtrasieren kein dichtes Scham-Dreieck mehr entstehen wollte. Also wurde eine „Scham-Perücke" aufgeklebt, bestehend aus echtem Schamhaar. Ob die Dame von der das Original stammt, für ihre Leistung auch einen Oskar bekommen hat, ist nicht bekannt geworden.

Bei den meisten begann die Rasierlust in der „Bikinizone" im Sommer, dann folgten der „Irokesenschnitt" oder der „Landestreifen", später forderte dann der Freund mehr Glatze, weil er genau wissen wollte, auf was er sich einließ. Oder waren es die Freundinnen, die den Frauen einredeten, haarlos sei „mega chic"?

Bei Charlotte Roches Romanfigur Helen war es ein Schwarzer der sie, statt in die Bar, zu sich nach Hause zum Rasieren einlud. Für Männer keine schlechte Alternative!

Rasieren statt Saufen, keine teuren Diners mit Champagner und anschließender Disco mehr, sondern nur ein paar neue Rasierklingen, und man ist bald da, wo man sowieso hin wollte.

Aber vielleicht ist alles auch nur Ergebnis einer geschickten Werbekampagne der Rasierklingen-Industrie, deren Kassen heute übervoll sein dürften? Rasierende Frauen sind umworbene und begehrte Kundinnen, zumal die topdesignten Plastikrasierer und ihre Klingen ekelhaft teuer sind.

Tatsächlich trifft das alles nicht den Kern der Sache, oder doch alles. Intimrasur bei Frauen ist Kult, und wie Kult entsteht, konnte noch keiner erklären. Dabei ist das Enthaaren an einer so schwer zugänglichen Stelle für Selbstrasierer keineswegs eine Kleinigkeit. Trockenrasierer schaffen es kaum und Epilieren tut sauweh, besonders an dieser sensiblen Stelle. Das gilt auch für die Wachsstreifenmethode. Die so genannte Fotoepilation schmerzt ein bisschen weniger, kostet aber etwa 1500 Mäuse pro Muschi. Bleibt die Nassrasur, aber die ist eben nicht ohne Risiko. Wenn die Klinge stumpf ist, riskiert man Verletzungen mit anschließenden Entzündungen, die Härchen wachsen zuweilen nach innen und vereitern. Außerdem jucken die nachwachsenden Stoppeln wie verrückt und lassen die Damen sich völlig undamenhaft benehmen, was wiederum den Gentleman an Filzläuse denken lässt. Außerdem ist dieser „Dreitageintimbart" für männliche Glieder das reinste Nadelkissen: ein Ausrutscher und schon brennt der Baum!

Noch unangenehmer kann's werden, wenn die eng sitzenden Strings, auch „Ritzenputzer" genannt, die Stoppeln in der Kerbe wund scheuern. Denn zur totalen Rasur gehört auch die Gegend um den Anus. Und genau das hat „Helen", die Titelheldin von „Feuchtgebiete", nach einem Rasierunfall auf den Operationstisch gebracht, eine Analfissur. Auf Deutsch: sie hat sich beim Rasieren in den Arsch geschnitten! Wenn daraus dann am Ende noch ein Bestseller wird, hat sich das Ganze immerhin und irgendwie gelohnt.

Das Strafmandat

Die deutsche Grenze hatten sie schon lange hinter sich gelassen und bewegten sich in Richtung Rhonetal.

Hinter Zürich war es bereits dunkel, Marcel beschloss, die Nacht über durchzufahren. So würden sie am Morgen in Nizza ankommen. Er hatte es zwar nicht eilig, das Ziel zu erreichen, konnte sich aber nicht vorstellen, diese Nacht mit seiner Frau gemeinsam in einem Bett zu verbringen. Vielleicht ging's ja morgen besser.

Er war keineswegs in Urlaubsstimmung, versuchte aber, es sich nicht anmerken zu lassen. Unruhig zündete er sich eine Zigarette an, suchte das Loch, um den Anzünder zurückzustecken, ließ die Fahrbahn einen Moment unbeobachtet und musste, als er wieder aufsah, mit einem kurzen Schlenker die Richtung korrigieren. Der Porsche gehorchte sofort.

Die Stimme seiner Frau war gereizt: »Pass doch auf! Musst du andauernd qualmen? Ich krieg' kaum noch Luft, außerdem zieht's in der Scheißkarre.«

Er antwortete nicht. Was sollte er auch sagen? Dass sie es war, die im Sommer unbedingt auf dem Kauf des Targa bestanden hatte, obwohl er selbst für das Coupe plädiert hatte? Oder dass sie sehr gut wusste, dass jedes Cabrio auch im geschlossenen Zustand nicht ganz frei von Zugluft ist?

Er dachte nicht daran, denn er war mies drauf und er wusste, dass ein Wort das andere geben und alles in Mord und Totschlag enden würde. Er war schon einmal in einer ähnlichen Situation nach einem Angriff von ihr in den Graben gefahren.

Stattdessen hing er seinen Gedanken nach.

Diese blöde Nizza-Reise! Wie kam er überhaupt dazu, jetzt mit seiner Frau nach Nizza zu fahren? Er wollte gar nicht dorthin! Da sie den Sommerurlaub gemeinsam mit dem Kind in Taormina verbracht hatten, war vereinbart worden, dass im Herbst jeder nochmals alleine Urlaub machen könne, während der andere bei der Tochter bleiben sollte.

Er hatte die Reise sorgfältig geplant. Nach Rom wollte er, Freunde besuchen — und natürlich Rosanna. Vor zwei Tagen hatten sie noch miteinander telefoniert. Er hatte sie in ihrer schönen, alten Wohnung in Trastevere erreicht, mit der von Weinranken zugewachsenen Terrasse, mit den kleinen und großen ineinander-übergehenden Räumen ohne Türen. Er konnte sich vorstellen, wie sie seinen Anruf entgegennahm — vor der alten Truhe auf dem Boden sitzend, so wie immer, wenn ein Gespräch länger dauerte. Rosanna, die siebenundzwanzigjährige Inhaberin einer „Parfumeria", die er, nur einige Monate zuvor, in Roms Horror-Disco „Much more" kennengelernt hatte.

Es war eine Freitagnacht gewesen und dass sie sich bereits am Samstagvormittagim dreihundert Kilometer entfernten Asolo in der Villa Cipriani als Ehepaar eintrugen, um ein spontanes Liebeswochenende zu genießen, sagte wohl alles über ihre gegenseitigen Gefühle. Auch während des Familienurlaubs hatte er sich zwei Tage fortgeschlichen und heimlich mit Rosanna in Acireale ein Zimmer genommen. Am nächsten Tag waren sie auf den Aetna gestiegen.

Nie im Leben würde er dieses Erlebnis vergessen. Der Vulkan war im April ausgebrochen und schickte immer noch einen dicken Lavastrom ins Tal. Mit dem Landrover waren sie fast bis zum Gipfel vorgestoßen. Den Rest liefen sie zu Fuß. Oben lag noch Schnee und es war kalt. Dann wurde der Schnee schmutziger, war mit Asche bedeckt. Schließlich tasteten sie sich über warme Steine durch einen dichten, von der Hitze gebildeten Dunst näher an den Krater.

Es wurde heiß, und bald stockte ihnen der Atem. Wenige Meter vor ihnen zischte brodelnd und spritzend ein vier Meter breiter und einen Meter dicker Strom glühenden Gesteins aus der Erde und verschwand bergab nach zwanzig Schritten im Nebel. Beeindruckt stand er vor dem gewaltigen Naturereignis. Er kam sich winzig klein vor, suchte Rosannas Hand und fühlte sich ihr sehr nah. In der Liebe war Rosanna sanft und zärtlich, nicht so aggressiv wie seine Frau, mit der Marcel, ob er es wollte oder nicht, alle seine Sexpartnerinnen verglich. Einen Schönheitsvergleich wollte er jedoch nicht anstellen, dazu waren beide zu unterschiedlich: Rosanna südländisch, dunkel und weich; seine Frau dagegen hellblond, groß gewachsen, mit hohen nordischen Wangen; zudem war sie athletischer.

Dafür war sie kälter, dachte er, wusste das aber nicht zu erklären, denn im Bett war sie keineswegs ein Eisblock, und trotz der langen Ehe schliefen sie fast täglich miteinander.

Er hasste seine Frau in diesem Moment, auf dem Weg nach Nizza, und er begriff nicht, warum auf einmal noch alles gekippt war.Vorgestern hatte er zur ihr gesagt:

»Schatz, mein Kurzurlaub beginnt übermorgen, ich muss nach Italien und hänge noch ein paar Tage Viareggio dran.« Für ihn stand alles fest. Umso überraschter war er, als er sie sagen hörte: »Wieso du? Ich will übermorgen nach Paris!« Erstaunt sah er auf, dann antwortete er kurz und bestimmt: »Das geht nicht. Ich muss meine geschäftlichen Termine einhalten. Fahr du eine Woche später!« Aber sie stellte sich quer

»Kommt überhaupt nicht in Frage. Ich fahre nach Paris, und du bleibst bei dem Kind.« Nun wurde er misstrauisch. Hatte sie was gemerkt? Wie viele Männer überzeugt dovon, dass es ihnen vorbehalten sei, fremdzugehen und nicht der Frau, wurde er unsicher.

»Mit wem willst du nach Paris? Hast wohl ‚nen Typen aufgerissen?« fragte er höhnisch, war aber innerlich fest davon überzeugt, dass er ihr eine rethiorische Frage gestellt hatte Ich fahre allein, zur Pret á Porter, hab‘ schon alles organisiert. Ich fahre mit niemandem und wenn einer jemanden aufgerissen hat, dann wahrscheinlich du«, sagte sie lauter als normal, jedoch ebenso überzeugt, dass das wohl nicht zuträfe.

Nicht umsonst forderte sie ihn fast täglich im Bett, so war sie sicher, dass seine Kraft für andere Frauen nicht mehr reichte. Ihre Aggressionen prallten aufeinander. Sie konnten sich nicht einigen. Als der Streit den Höhepunkt überschritten hatte und beide sich mit gezeichneten Gesichtern und hasserfüllten Gedanken gegenüberstanden, sagte sie:

»Also gut, nach Rom, aber dann ich fahr‘ mit. Morgen kommt das Kind zur Oma!« Nach mehreren vergeblichen Appellen an ihre Muttergefühle blieb ihm nichts übrig, als halb zuzustimmen. Es fühlte sich an, wie eine Niederlage.

»Schön, bringe das Kind zur Oma, aber wir fahren nicht nach Rom, wir fahren nach Paris, weil du da ja, wie du sagst, alles vorbereitet hast. Das möcht‘ ich sehen!«

»Wieso Paris?« fuhr sie hoch. »Jetzt will ich nicht mehr nach Paris, Du hast mir alles verleidet. Ich fahre mit dir nach Rom. Zu Deinen angeblichen Geschäften. War wohl alles gelogen?« Ihre Stimme war wieder laut geworden.

»Nichts ist gelogen, ich sage in Rom alles ab, Du hast mir die Laune gründlich verdorben, ich will jetzt mir Dir nach Paris!«

Auch diese Debatte endete mit einem Kompromiss. Sie einigten sich auf Nizza. Er stimmte zu, weil er nicht wollte, dass sie allein nach Paris fuhr, weil er sich nun in seinem Verdacht bestätigt sah, dass sie ihn betrügen wollte, und weil er lieber auf sein Vergnügen verzichtete, als ihr eines zu gönnen. Mit ihr nach Rom fahren, wollte er aus nachvollziehbaren Gründen nicht.

Er steckte sich wieder eine Zigarette an. Seine Frau schnaubte hörbar auf, dann holte sie den Silberfuchs vom Rücksitz, legte ihn über die Schultern und öffnete anschließend das Ausstellfenster. Der kalte Luftzug traf ihn im Nacken.

Verdammter Mist, dachte sie, blödes Nizza, was soll ich in Nizza? Da waren wir erst im vorigen Jahr, als wir von Antibes kamen. Aber bevor ich ihn zu seiner Schnalle nach Rom fahren lasse, fahr‘ ich lieber mit ihm nach Nizza.

Jetzt, um diese Zeit, hatte sie längst mit Fritz in Paris sein wollen. Fritz, der Anwalt der Familie, der seit Monaten ihr Liebhaber war, hatte dort einige Tage zu tun. Sie hatten alles bis ins Detail geplant, wussten es schon länger. Sie hatte nur nicht zu früh damit herausrücken wollen, damit ihr Mann nicht misstrauisch würde und, ihren Plan zu durchkreuzen versuchte. Kurz hatte sie daran gedacht, ihn nach Rom fahren zu lassen, das Kind zu ihrer Mutter zu bringen und doch noch nach Paris zu reisen. Oh, wie sehr hatte sie sich gefreut ... auf Fritz und auf die Stadt an der Seine, die sie so liebte. Nicht nur wegen der Pret á Porter-Schau, die dort gerade stattfand. Auch auf die Brasserie Flo in Saint Denis freute sie sich, und aufs Tanzen im Le Bilboquet in San Michele, wo immer gute Bands spielten.

Aber besser mit ihm nach Nizza, als ihn alleine nach Rom reisen zu lassen! Sie stimmte zu, weil sie nicht wollte, dass er allein nach Rom fuhr, weil sie ihn jetzt doch im Verdacht hatte, sie betrügen zu wollen, und weil sie lieber auf ihr Vergnügen verzichtete, als ihm seines zu gönnen. Nach Paris wollte sie aus erklärlichen Gründen nicht mit ihm.

»Mach das Fenster zu«, knurrte er.

»Rauch nicht so viel! Und dann auch noch diese Gitanes! Du stinkst danach aus dem Mund, dass mir jegliche Lust vergeht!« erwiderte sie gehässig. Ihm schwoll der Kamm. Er drückte aufs Gaspedal. Der Drehzahlmesser zeigte dreitausendfünfhundert Touren, hundertfünfzig Sachen im vierten Gang. Den Tacho hatte er einige Monate nachdem er den Wagen neu gekauft hatte abgeklemmt. Sie schwieg und schloss nach einer Weile das Fenster.

Wer waren sie beide schon, dachte er, — nichts als die hasserfüllte Ruine einer Ehe, die da umhüllt von einem attraktiven Blechkleid aus Zuffenhausen durch die Nacht raste.

Erst als er die Kelle sah, erwachte er aus seinen Gedanken. Der Streifenwagen überholte sie, verlangsamte das Tempo, fuhr an den Straßenrand und hielt an Marcel blieb dahinter stehen. Einer der beiden Polizisten stieg aus, setzte die Mütze auf und trat an die Fahrertür. Das Fenster glitt hinab, der Uniformierte beugte sich nieder, legte die Hand an den Mützenrand und sagte: »Gruezi, wissen Sie, dass Sie viel zu schnell gefahren sind?« Ehe Marcel antworten konnte, stieß seine Frau ihn sanft an.

»Wieso, wie schnell darf man denn hier fahren?« zog sie das Gespräch an sich. »Achtzig Stundenkilometer.«

»Viel schneller sind wir bestimmt nicht gefahren«, meinte sie. »Aber ja. Wir sind mindestens drei Kilometer hinter Ihnen her gefahren. Mich wundert, dass Sie uns nicht längst entdeckt haben, oder haben Sie etwa Alkohol getrunken?«

»Idiot« zischte seine Frau, »dass Du sie nicht gesehen hast!«

»Nein, ich habe nichts getrunken«, sagte Marcel wahrheitsgemäß, »ich war lediglich in Gedanken. Kann sein, dass ich ein bisschen zu schnell war, ich weiß es einfach nicht.«

»Ein bisschen ist gut«, mischte sich der Kollege, ein älterer Beamter ein, der an die Beifahrertür getreten war.

»Mindestens hundertzwanzig bis hundertdreißig, das ist mehr als ein bisschen zu viel.«

»Was soll das?« fragte Marcel unwirsch.

»Haben Sie ein Messergebnis?«

»Das brauchen wir nicht,« übernahm wieder der Jüngere.

»Wir beide sind Zeugen.« Der Ältere nickte.

»Nun machen Sie mal keinen Aufstand. Zahlen Sie dreihundert Franken, und die Sache ist erledigt!«

Es waren nicht die dreihundert Franken, die ihn ärgerten. Es war der ganze Stress der letzten beiden Tage. Und als er Luft holte, um seine Frau anzuschreien, dass sie, nur sie, an alldem schuld sei, sagte sie kurz und frech zu den Beamten:

»Wir haben kein Geld einstecken. Schicken Sie uns ein Strafmandat zu. Guten Abend.« Sie ließ ihr Fenster so schnell hoch, dass der Alte erst im letzten Moment die Hand von der Scheibe ziehen konnte.

»Es tut mir leid«, widersprach der jüngere Polizist, »aber so geht es nicht. Sicher haben Sie dreihundert Franken dabei, wenn Sie mit einem solchen Auto unterwegs sind. «

»Wir haben kein Geld«, kreischte die Frau. Ihre Lippen waren zu einem Schmollmund nach unten gezogen wie bei einem trotzigen Kind. Die Wut hatte die Schönheit ihres Gesichts ausgelöscht.

»Bitte, geben Sie mir Ihre Autoschlüssel«, sagte der Ältere jetzt unversöhnlich. »Wir werden unsere Zentrale um Direktive bitten und möchten nicht, dass Sie sich auf Ihr schnelles Auto verlassen. Wir rasen nicht gerne hinterher und brechen uns womöglich das Genick und von der Waffe machen wir auch ungern Gebrauch.« Dabei tippte er an sein Pistolenhalfter. Widerwillig gab Marcel ihm den Schlüssel.

»Du bezahlst nichts!« fauchte seine Frau ihn an, als die Beamten in ihr Fahrzeug zurückgekehrt waren. »Zu Hause regst du dich auf, wenn ich mal ein paar hundert Mark mehr für Klamotten ausgebe, und hier rast Du wie ein Idiot durch die Nacht und wirfst das Geld zum Fenster raus. Und dass Du die Bullen nicht siehst, wo sie so lange hinter uns herfahren, ist wieder mal typisch ... Du wirst eben alt«, sagte sie abfällig und hüllte sich in ein lauerndes Schweigen.

Marcel hingegen wurde ganz ruhig. Mit einem Mal war ihm alles egal. Er hätte jetzt eiskalt einen Mord begehen können, an seiner Frau, an den Polizisten, sogar an sich selbst. Die Polizisten kamen zurück. »Entweder fährt die Dame mit uns, der Kollege mit Ihnen, oder er setzt sich hinter Sie auf die Notsitze«, eröffnete ihnen der Jüngere. »Sie müssen mit zur Wache, um die Sache zu klären.« Marcel flüsterte:

»Am besten, wir zahlen.« Ohne ihm darauf zu antworten, öffnete sie die Tür und stieg aus: »Ich fahre mit Ihnen« Während der zehn Minuten dauernden Fahrt zur Polizeistation begann der Ältere ein Gespräch; es wurde zum Monolog:

»Sie können uns nicht weismachen, Sie hätten kein Geld dabei. Wir Schweizer lassen uns nicht gerne für dumm verkaufen. Gleich hinter der Grenze werfen Sie das Strafmandat aus dem Fenster. Nein! Das haben wir schon zu oft erlebt. Ich rate Ihnen, zu zahlen!«

Vor der Wache musste Marcel aussteigen. Der Beamte nahm Fahrzeugpapiere und Schlüssel an sich. Umständlich verschloss er das Auto. Alle vier stiegen die Stufen hinauf und betraten eine typische Polizeistation. Marcels Frau setzte sich auf eine Bank und blickte mies gelaunt drein.

Die Polizisten berieten sich flüsternd mit zwei Kollegen, dann gingen sie ins Hinterzimmer zu einem weiteren Beamten, der in die Türöffnung trat, es war der Diensthabende. Er trug Zivil und die anderen berichteten ihm.

Marcels Frau fing an zu nörgeln:

»Wie lange soll denn das noch dauern? Wir müssen weiter. Sie können uns wegen so einer Lappalie nicht festhalten, das rechtfertigt doch keine Verhaftung.«

»Sie sind keineswegs verhaftet, nicht einmal festgenommen«, antwortete der Wachhabende,

»Sie können jederzeit gehen!«

»Warum sagen Sie das nicht gleich?« giftete sie, stand auf, trat vor, hielt die Hand auf und befahl:

»Schlüssel und Papiere.«

»Tja«, kratzte sich der Chef am Kopf.

»Mit dem Auto ist das was anderes, das ist schon so was wie verhaftet. Es sei denn, Sie bezahlen die Strafe oder hinterlegen einen Wertgegenstand in der Höhe von dreihundert Franken... vielleicht Ihren Pelzmantel?«

Sie blickte verächtlich auf den Polizisten herab, als sei er das letzte Stück Dreck und als habe er ihr soeben einen unsittlichen Antrag gemacht. Ein beleidigendes Schimpfwort lag ihr auf den Lippen, doch sie schluckte es hinunter. Der Polizist sah sie lauernd an, er wartete förmlich darauf. Sie und auch ihr Mann waren sich darüber im Klaren, dass sie es sich bei diesen Polizisten verscherzt hatten. Der Ältere versuchte es ein letztes Mal gütlich.

»Haben Sie wenigstens Schecks bei sich? Euroschecks? Sie müssen doch Geld dabei haben, machen Sie uns doch nichts vor!. Ohne zu zahlen kommen Sie nicht weg von hier.«

»Wir haben keine Schecks!« schrie sie.

»Tja, dann müssen wir wohl...« Er unterbrach seine Rede und folgte den Kollegen zur erneuten Beratung ins angrenzende Büro. Nach einer Weile kamen sie zurück. Man sah ihren entschlossenen Mienen an, dass eine Entscheidung gefallen war. Der Chef ging ans Telefon, alle hörten mit.

»Ja, bitte, geben Sie mir den Nachtdienst, den Bezirksanwalt ... Ja, es ist dringend ... jetzt noch, verbinden Sie mich ..Hallo ... hier ist die Polizeiwache 5 in Lausanne, wer ist dort, bitte? — Der Bezirksanwalt? Aha ... Grüß Gott, Herr Doktor ... wie bitte? — Nein, nein, nein ... wir haben einen Deutschen ... was? Nein, keinen Terroristen ... er will dreihundert Franken Strafe nicht bezahlen ... ist viel zu schnell gefahren ... Was...? Einen Porsche Carrera Targa, fast neu ... Wie? Wollten Sie auch schon immer mal haben? Tja, dann wird er wohl versteigert, wie? Gleich morgen? Aber wir brauchen eine Beschlagnahmeverfügung... Füllen Sie gleich aus? Gut, schicken Sie sie oder sollen wir einen Wagen schicken, um sie abzuholen? — Gut... wird gemacht ... Augenblick, Herr Doktor, ich sehe gerade, dass die Deutschen doch noch 300 Franken gefunden haben, einen Moment bitte...« Er hielt die Sprechmuschel zu und wandte sich an den Älteren: »Zählen Sie nach, Herr Pflümli, ob's passt«

Pflümli zählte nach und nickte. Der Chef sprach wieder ins Telefon: »Alles in Ordnung, Herr Doktor... ja, er hat bezahlt, tut mir auch leid... ja, Herr Doktor, wenn wir wieder einen solchen Wagen finden, rufe ich Sie ... jawohl, Herr Doktor ... entschuldigen Sie die Störung. Eine gute Nacht« Er legte auf.

Sie hatte Marcel in dem Moment nach vorne gestoßen, als klar wurde, dass die Polizisten Ernst machten. "Warum zahlst du nicht? Die nehmen uns das Auto weg! Los, mach schon!"

Er besaß keine Schweizer Franken, also hatte er einen Fünfhundertmarkschein auf die Theke gelegt. Pflümli rechnete um: “macht in DM 365,-- einschließlich des Telefongespräches”. Aber es war nicht genügend Wechselgeld da. Zuerst leerten sie ihre Geldbörsen, brachten aber bloß Geldstücke zum Vorschein. Danach öffneten sie den Getränkeautomaten und kippten 2 Kilo Hartgeld auf die Theke. Pflümli zählte konzentriert und langsam. Es schien keinen einzigen Geldschein in der ganzen Schweiz zu geben, nur Fränkli und Räppli. Marcel war klar, dass er und seine Frau jetzt die Quittung für ihre Arroganz bekamen. Aber über die Polizisten ärgerte er sich nicht mehr. Seine Frau war der Feind. Er schaufelte die Münzen, mindestens zwanzig Mark fehlten noch, in beide Hände und rannte hinaus. Dort schleuderte er das Kleingeld auf die Straße und lief zum Auto, wo er merkte, dass ihm der Schlüssel fehlte. Auch die Papiere waren noch in der Wache. Seine Frau trat heraus und schwenkte beides in der Hand.

»Ohne mich vergisst du noch mal deinen Kopf. Jetzt haben wir wegen Dir drei Stunden verloren, ich habe Durst und muss aufs Klo. Warum hast Du nicht gleich bezahlt?«

Er war ganz ruhig, schaute sie an wie ein Löwe das Gnu, nahm den Schlüssel, öffnete ihr die Beifahrertür, ließ sie rein, ging dann ums Auto, rutschte hinters Steuer, setzte zurück und fuhr an, Richtung Frankreich, während sie plapperte und plapperte, ihm Vorwürfe machte und immer wieder auf ihren Durst und ihr Bedürfnis hinwies. An der nächsten Raststätte fuhr er, immer noch schweigend, bis zum Toiletten-Pavillon. Sie stieg aus und eilte hinein. Dann legte er den Gang ein und fuhr weiter. In Rom war das Wetter im Oktober ohnehin besser.

Die Hamstertour

Francesco war der Vater aller Dinge. Das galt für unsere Familie, für Mutter, Sophie und Eva, meine Schwestern, meinen kleinen Neffen Gino und mich, wie für unsere kleine dunkle Welt im Kellergeschoss des zerbombten Hauses. Francesco war ein schöner Mann. Schwarzes, dichtes Haar, garniert mit grauen Fäden, ein buschiger Schnurrbart, die stets dunkel getönte Haut, gepaart mit warmen Augen und einem heiteren Mund, machten ihn zu aller Freund. Obwohl nicht mein Vater, war er für mich immer ansprechbar. In seinem harten Deutsch erklärte er mir alles, was ich wissen wollte und drückte sich vor keiner Frage. Kam er mit der Sprache nicht weiter, benutzte er Arme, Beine und wie Lieder klingende italienische Laute. Auch Mutter hielt große Stücke auf ihn. „Ein guter Italiener. Nicht so ein verräterischer Itaker wie die anderen!" Francesco hatte die Dreiundvierziger Wende in Italien nicht mitgemacht, war nach Deutschland gegangen und hatte sich hier zur SS gemeldet, statt wie seine Landsleute im Süden bereits den Frieden zu genießen. Er und Sophie waren verheiratet und hatten ein gemeinsames Baby.

Das Wichtigste: Er war es, der uns alle ernährte. Francesco war Schuster von Beruf. In einer Zeit, in der Geld nichts wert war und nur Ware zählte, schnitt, nähte, nagelte, klebte und band er die schönsten, bunten Fußbekleidungen für Damen, die ich je gesehen habe. Irgendwoher hatte er sich ein Schustereisen organisiert, Hammer, Schere, Ahle und Kordel. Nur Nägel waren knapp. So sammelte ich tagsüber auf der Straße benutzte Streichhölzer, die Francesco mit einer Rasierklinge halbierte, anspitzte und, bevor er sie durch Leder und Gummi trieb, anfeuchtete, damit sie später aufquollen. Er arbeitete im „Flur", der ehemaligen Waschküche. Da der Treppenaufgang verschüttet war, benutzten wir die Waschküchentür, um ins Freie zu gelangen. Auf dem dunklen Betonfußboden, der sich zum Gully hin senkte, stand außer seiner Werkecke noch der Waschkessel, in dem das Wasser für unser wöchentliches Bad erhitzt wurde. Unter der Decke war im Zickzack eine Drahtwäscheleine gespannt, auf der ständig die Windeln meines kleinen Neffen hingen.

Der Raum besaß nur ein kleines Fenster zur Außentreppe. Deshalb arbeitete Francesco stets im gelben Dämmerschein einer drahtverkleideten Kellerlampe. Er selbst verließ das Haus nie, zumindest nicht am Tage, wenn ich wach war. Daher mussten Mutter und Sophie seine Produktion im Tausch gegen Essbares unters Volk bringen. Hamstern nannte man das damals, und es ging die Kunde, die Bauern würden in ihren schmutzigen Gummistiefel über vier Lagen persischer Seidenteppiche trampeln, während ihre Frauen wegen der vielen Brillantringe beim Melken behindert seien.

Ich war stets mit Mutter unterwegs, denn sie und Sophie gingen immer getrennt. Größere Streuung versprach bessere Ausbeute. Eines Tages fuhren wir nach Porz, um von dort ins Bergische Land zu laufen. Ich trug einen Kinderrucksack, der mir trotz seines Namens viel zu groß war und mir mit dem unteren Ende in den Kniekehlen scheuerte. War er beladen, drückten die Tragschlaufen so hart auf meine Schultern, dass sich abends rote Striemen zeigten, die erst Tage später verschwanden. Ich klagte nie.

Ich war vier Jahre alt und stolz darauf, zum Unterhalt der Familie beitragen zu dürfen.

Am frühen Abend waren wir zurück auf dem Bahnhof Porz, Taschen und Rucksäcke gefüllt. Wir erwarteten den letzten Zug. Als er einlief, war er wie immer hoffnungslos überfüllt. Auf Dächern, Puffern, sogar auf dem Loktender saßen Leute, störten sich nicht an Ruß und Staub, sondern versuchten noch vor dem Absteigen, heimlich ein paar „schwarze Diamanten“ mitzunehmen.

Etwa vierzig Leute wollten mitfahren. Mutter rannte mit mir an der Hand den Zug entlang und spähte nach Bekannten. Es gab keine. An einem offenen Fenster saß ein älterer Mann. Mutter sprach mit ihm, hob mich hoch und er nahm mich an und setzte mich samt Rucksack ins Gepäcknetz. Sie versuchte sich in irgendeine Tür zu drängeln. Es gab wirklich keinen Platz mehr. Die Menschen standen wie Spargel im Bund. Ich hätte die Fahrt sicher gut überstanden, wäre nicht jene Frau erschienen, die sich unter Einsatz ihrer Ellbogen bis an unser Fenster vorgearbeitet hatte. Sie trug eine schwere Tasche an die Brust gepresst, für die aber kein Platz war. Ihr Blick fiel auf mich. Mit links holte sie mich runter, setzte mich einfach auf die Köpfe der Menge und hievte ihr Gepäck an den von mir verlassenen Platz.

Der Mensch unter meinem Gewicht brummte, doch ich fiel einfach nicht zu Boden, weil es keine Lücke gab. Schließlich murrte mein Untermann ganz laut. Die Frau hob mich an und fragte in die Runde: „Wem ist der?“ Niemand meldete sich. „Das gibt‘s doch nicht. So ein kleiner Junge ohne Begleitung. Wer hat ihn denn da oben reingesetzt?“ Jetzt regte sich der Alte. „Ich. Eine Frau hat ihn mir durchs Fenster gereicht. Sie versucht, durch die Tür in den Zug zu kommen.“

„Was?“ schrie die Frau, die mir immer unsympathischer wurde. „Und wenn sie nicht reinkommt? Dann haben wir diesen Bengel am Hals.“ Sprach‘s, hielt mich an den Armen aus dem Fenster, bis meine kurzen Beinchen einen halben Meter über dem Bahnsteig schwebten, und ließ mich los. Ich fiel nach hinten auf den Rucksack. In dem Moment fuhr der Zug an. Ich lag da, völlig überrascht auf dem Rucksack wie ein Käfer auf dem Rücken, hilflos, und sah dem verschwindenden Zug hinterher. Der Bahnsteig war leer. Jetzt bekam ich Angst, und die ersten Tränen kullerten über meine Wangen. In dem Moment rief mich der Wirt der Bahnhofskneipe durchs Fenster an: „He, du da, Kleiner, ja, dich mein ich. Wartest du auf jemand? Heut kommt kein Zug mehr.“ Ich rappelte mich mühsam auf die Füße, ging zu ihm hin, wollte erklären und wurde prompt missverstanden. „Was ist denn das für eine Rabenmutter“, rief er aus, „die ihren Sohn einfach zurücklässt?“ Ich versuchte zu erklären, dass es nicht die Schuld der Mutter gewesen sei, doch er hörte überhaupt nicht zu. Außerdem wurde meine Stimme quengelig, und ich begann zu weinen. Diese böse Situation und dann noch das Missverständnis. Meine liebe, liebe Mama! Der Wirt schickte den Kellner zur Bahnhofsverwaltung. Zwei Männer kamen zurück. Einer trug die blaue Reichsbahnuniform, der andere war ein olivgrün bekleideter belgischer Soldat. Sie hörten mich an und trugen dem Wirt auf, mich vorerst in seine Obhut zu nehmen.

„Wir kümmern uns um dich“, tätschelte der Soldat mein Gesicht, bevor er ging. „Hast du Hunger?“ fragte der Wirt.

„Heute gibt's Fleischbrühe, magst du die?"

Meine Tränen versiegten. Fleischbrühe? Mensch, das war was! Flugs holte ich mein Geld aus der Tasche. Wie die meisten Kinder jener Zeit konnte ich damit schon umgehen. Ich hielt mein ganzes Vermögen hoch. Es war ein Fünfzigpfennigschein, klein wie eine Streichholzschachtel.

Der Kellner murrte. „Fleischbrühe kostet nur dreißig aber plus Fleischmarke." Enttäuscht zog ich den Geldschein zurück. Eine Fleischmarke besaß ich nicht. Diese blöden Lebensmittelmarken, nie gab es genug davon. Immer war ihretwegen Streit in der Familie, und satt wurde auch keiner davon. Ich hasste sie mit der ganzen Kraft meines kleinen Herzens. Der Kellner war findig. Flugs tastete er meinen Rucksack ab, und schon kam sein Vorschlag: „Fünfzig Pfennig und die Kartoffeln. Ich geb dann die Marke aus meiner eigenen Tasche dazu." „Nein!" Selbst wenn das Angebot verlockender gewesen wäre, meine Kartoffeln gab ich nicht her. Der Wirt machte der Schacherei ein Ende. Mit einem bösen Blick auf den Kellner rief er zur Küche. „Eine Fleischbrühe ohne Berechnung."

Ich schlürfte noch diese köstlich heiße, von Fettaugen bedeckte Suppe, da erschienen zwei Soldaten und setzten sich zu mir. Es waren Belgier. Einer von ihnen musste Offizier sein, das erkannte ich an den vielen Streifen. Beide trugen die Armbinde der Militärpolizei und Mützen mit Silberrand.

„Du weißt, wo du wohnst?" fragte der Offizier. Ich nickte und rasselte die Adresse herunter: „Sachsenweg 5, im Keller!" Die beiden schienen zufrieden. „Kannst du uns auch zeigen, wo der Sachsenweg ist?" Ich nickte. Wir verließen den Bahnhof und stiegen in einen offenen Jeep. Der Offizier setzte sich hinten zu mir, zog seine Uniformjacke aus und bedeckte damit meine nackten Beine. Wir überquerten den Rhein auf einer Behelfsbrücke. Ich kannte sie nicht. Bei uns in der Stadt war die Brücke zerstört. Wir nahmen immer das kleine Fährboot. So kamen wir aus einer Richtung in die Stadt, die ich nicht kannte. Außerdem setzte die Dunkelheit ein. Ich war mit meiner Ortskenntnis am Ende und schämte mich. Der Fahrer stoppte und sprach in sein Funkgerät. Ich verstand die Sprache nicht, hatte aber erfahren, dass die Stimme durch Gerät und Antenne in die Luft ging. Ich sah die meterlange Antenne empor, konnte die Worte aber nicht sehen. Das wunderte mich. Es ging weiter. Plötzlich erkannte ich die Großmarkthalle. „Da, da“, rief ich aufgeregt. „Jetzt links und wir sind da!“

Mutter und Sophie drückten und küssten mich vor Freude, und Sophie umarmte auch die beiden Soldaten. Man bat sie, Platz zu nehmen. Sie ließen sich überreden, einen selbstgebrannten „Knolly Brandy“ zu trinken. Sie scherzten in ihrer Sprache und legten ein dickes Paket Belga-Zigaretten auf den Tisch. Der Offizier griff mehrmals nach Sophies Hand und strich ihr auch übers Haar. Alle rauchten, es wurde eine richtige kleine Feier. Bis Francesco erschien. Er kam aus dem hinteren Kellerraum, öffnete die Tür zur Küche, sah erstaunt auf die Soldaten und wollte sich wieder zurückziehen. Sophie rief ihn. „Francesco!“ Er zögerte erneut, gab sich einen Ruck, schloss die Tür, setzte sich zu uns an den Tisch und blieb schweigsam. So hatte ich ihn noch nie erlebt. Nicht mal eine Zigarette nahm er, obwohl er sonst die von mir gesammelten Kippen rauchte, bis sie ihm die Finger verbrannten. Auch die beiden Soldaten waren ruhiger geworden.

Der Offizier wirkte komisch. Ich wusste damals noch nicht, dass es wohl Enttäuschung war, weil er gehofft hatte, Sophie lebe ohne Mann, für mich war‘s nur komisch. „Wer sind Sie?“ fragte der Offizier und deutete auf Francesco. Der tat, als habe er nicht verstanden. Daher sagte Sophie:

„Er ist mein Mann, ein Italiener. Wir sind verheiratet.“

„Ein Italiener? So?“ Die beiden Militärpolizisten diskutierten in ihrer Sprache. Der Offizier wurde immer wortkarger blieb kurz und knapp, der andere schien begütigend auf ihn einzureden.

Dann schüttelte der Offizier den Kopf und fragte weiter: „Wie kommen Sie als Italiener hierher? Sind Sie schon lange hier?“ Francesco tat wieder, als verstehe er nicht, doch meine Schwester sagte:

„Wir sind schon seit vierundvierzig verheiratet.“ Francesco wandte sein Gesicht zu ihr, und ich entdeckte, was ich noch nie an ihm gesehen hatte: Wut.

Der Soldat drängte zum Aufbruch, doch der Offizier wies ihn an zu bleiben. „Besitzen Sie einen Ausweis?“

„Einen Ausweis?“ fragte Sophie. ”Ja, einen Ausweis, den die Besatzungsmacht ausgibt.Francesco schüttelte den Kopf und sprach erstmals.„Ich bin Italiener, brauch keinen Ausweis der Besatzungstruppen.“

„Haben Sie denn einen italienischen Pass oder ein ähnliches Dokument?“ „Nein.“

Sophie stand auf. „Ich suche Ihnen die Heiratsurkunde heraus. Einen Moment bitte.“ Keiner sprach. Der Offizier nahm sogar die Zigaretten vom Tisch und steckte sie ein. Dann sah er auf den Zettel, den Sophie ihm hinlegte, deutete auf den Hakenkreuzstempel, blickte auf und fragte:

„Sie heißen Francesco Baldoni?“ Francesco nickte. „Und Sie haben, außer dieser Urkunde, kein Identitätsdokument?“

Francesco erklärte: „Als unser Haus brannte, ist alles verloren gegangen. Ich habe schon nach Rom geschrieben.“ „Wann?“ „Vor einem halben Jahr.“ „Kopie ?“ „Was?“

„Kopie Ihres Schreibens?“ „Nein.“ Wieder berieten die Belgier. Wieder schienen sie nicht einig. Dann setzte der Offizier eine strenge Miene auf, und der andere schwieg.

„Wir müssen das überprüfen. Wir leben hier in der belgischen Besatzungszone. Wären Sie legal hier, besäßen Sie einen Notausweis. Bitte kommen Sie mit.“ Keiner sagte was. Keiner bewegte sich. Francesco war nicht mehr braun im Gesicht, er war kalkweiß. Dann sah er Sophie, Mutter und mich an. Sein Blick war traurig und trotzig zugleich, und ich machte mir erste Vorwürfe, die Soldaten hergebracht zu haben. Der Offizier erhob sich. „Na los. Wir bringen Sie zur zuständigen Stadtkommandantur. Wenn alles klar ist, sind Sie morgen früh wieder zu Hause.“ Francesco stand auf

„Willst du noch etwas essen?“ fragte Mutter. Ihre Stimme war voller Besorgnis. Francesco schüttelte müde den Kopf, zog nicht mal eine Jacke an und schlich geduckt zwischen den Militärpolizisten hinaus. Nachts wurde ich wach, weil ich glaubte, etwas gehört zu haben. Ich rief „Francesco!“ und lief barfuß durch den Keller. Francesco war nicht da. Ich setzte mich auf seinen Schusterschemel und wartete. Dabei weinte ich. Ich war an allem schuld.

Francesco kam nicht am Morgen und auch nicht am Mittag. Meine Schwester weinte und sagte, was ich mir selbst die ganze Nacht vorgeworfen hatte: „Wenn du doch nur die Soldaten nicht mitgebracht hättest." Mutter murmelte:

„Da stimmt was nicht. Da stimmt was nicht. Ja, ja, diese Italiener." Ich hielt es nicht aus, lief auf die Straße und suchte Streichholzreste und Zigarettenkippen. Francesco sollte zu rauchen haben, wenn er zurückkehrte. Das war ich ihm schuldig. Ich kam mit einer vollen Hosentasche Kippen zurück, doch Francesco war noch nicht da. Ich ging an seinen Arbeitstisch, puhlte die Asche von den Kippen, trennte das Papier ab, häufte den Tabak in Francescos Blechdose und gab, wie er es auch immer tat, eine frische Kartoffelschale dazu.

Am späten Abend erschienen drei Soldaten, zwei Belgier und ein Engländer, holten meine Schwester ab und brachten sie eine Stunde später zurück. Sie weinte mehr als zuvor.

„Ich durfte ihn nicht sehen. Aber irgendetwas stimmt nicht. Sie wollten von mir wissen, seit wann ich ihn kenne, ob er hier Freunde hat, die ihn besuchen oder die er besucht. Ansonsten sagten sie mir nichts."

Diesmal wartete ich die ganze Nacht neben Francescos Schustereisen. Als der Morgen braungrau durchs Fenster kroch, schlich ich enttäuscht ins Bett. Mittags kamen zwei Männer in Zivil. Mutter sagte später, einer sei Amerikaner gewesen, sie hätten Francescos Fingerabdrücke nach Bari geschickt, weil Francesco Baldoni in den italienischen Armeelisten als gefallen verzeichnet sei.

Mutter murmelte: „Tja, diese Italiener, man kann ihnen nicht trauen. Ich hab dich ja immer gewarnt." „Was erzählst du da", Sophie wurde ärgerlich. „In Italien glauben sie eben, er sei gefallen. Es ist alles in Ordnung. Morgen kommt er wieder." Ich sammelte noch mehr Kippen. Die Blechdose wurde randvoll. Ich war stolz. Wenn er kam, konnte er wieder die dünnen Papierseiten aus dem Gebetbuch reißen und damit Zigaretten drehen und mir alles erzählen, was er erlebt hatte. Er kam nicht.

Am übernächsten Tag erschien wieder der Mann, von dem Sophie behauptete, er sei Amerikaner. Aber er sprach Deutsch und hieß Schulz, wie komisch, und Kaugummi hatte er auch keinen. Er sagte: „Frau Baldoni, ich habe Ihnen eine wichtige Mitteilung zu machen. Francesco Baldoni ist nicht Francesco

Baldoni. Er hat sich diesen Namen von einem gefallenen Soldaten, der auch aus Bari stammt, sozusagen ausgeborgt. Sein richtiger Name lautet Francesco d'Allonzo. Er ist Faschist und seit Februar 1944 von einem alliierten Militärgericht wegen Kriegsverbrechen in Abwesenheit zum Tode verurteilt. Wir fliegen ihn morgen nach Bari.“ Sophie sah starr auf den Amerikaner. Mutter sah starr auf die Tischplatte. Mr. Schulz räusperte sich. „Wenn's ein Trost für Sie ist. Heute, drei Jahre nach dem Kriege wird dort niemand mehr hingerichtet.“ Er machte eine Pause, stand auf, ging zwei Schritte zur Tür, sah sich um und sagte:

„Übrigens, unter seinem richtigen Namen war er verheiratet und hat zwei Kinder. Es war also Bigamie. Ihre Ehe ist ungültig, Sie sind frei.“ Er verschwand. Mutter murmelte:

„Sowas hab ich mir gleich gedacht. Dieser dreckige Itaker. Lump und Betrüger, der er war!“

Ich verstand Mutter nicht. Ich verstand auch die Erklärungen des Mr. Schulz nicht. Ich verstand nur: Francesco würde nicht mehr kommen.

Mindestens eine Million

Harry sah auf seine Armbanduhr. Durch das wie ein Tropfen wirkende Vergrößerungsglas las er das Datum: 14. März. Noch drei Tage, dann würde Lothar endlich kommen. Harry streckte seine hageren Glieder auf das untere Etagenbett, schaute aus dem vergitterten Oberlicht der Gefängniszelle, verschränkte die Arme unter dem Kopf, schloss die Augen und träumte.

»Diesmal muss es klappen«, hatte er damals gedacht, und alles sah so aus, als würde es auch klappen, obwohl sie einen Ersatzmann dabei hatten. Achim war der Schwager von Willi, ihrem Fahrer. Sie hatten Achim nur genommen, weil Kurt kurzfristig ausgefallen war. „Gefallen" war in diesem Fall der richtige Ausdruck, denn er war die Treppe hinabgestürzt und hatte sich dabei Zeige- und Mittelfinger der rechten Hand gebrochen. In Anwesenheit aller Komplizen hatte er, die Hand in Gips, versucht, die MP zu bedienen, doch es hatte nicht funktioniert: »Scheiße, verschiebt das Ding! Endlich gibt's mal richtige Kohle, und ich bin nicht dabei!« Verschieben ging nicht. Lothar trieb sie an. Von ihm stammte der Tipp: »Einmal die Woche, donnerstags, bringen zwei alte Männer die Wocheneinnahme des Kaufhauses mit dem Taxi in zwei großen, schwarzen Ledertaschen zur Commerzbank. In den Taschen befindet sich mindestens eine Million. Ich hab's persönlich gesehen.« Na, war das ein Tipp?

Harry recherchierte. Zwar kannte er Lothar und wusste, dass er als Aufschneider galt. Der Charmeur — unter diesem Spitznamen lief er in den Polizeiakten. Lothar war ein Betrüger von der Sorte, die skrupellos alles und jeden bescheißen, selbst die eigene Mutter. Dennoch war die Information beeindruckend. Auf so etwas hatten Harry und seine Freunde schon lange gewartet. Vor allem, weil es nicht vor ihrer Haustür war. Lothar wohnte 200 km entfernt, niemand würde auf sie als Täter verfallen.

Also machten sich Harry, Willi, Kurt und Schorsch Donnerstag für Donnerstag in wechselnder Besetzung auf, um zu früher Stunde vor der Bank Position zu beziehen und den Ablauf zu beobachten. Richtig! Gegen neun Uhr hielt vor dem

Portal der Bank ein Taxi, zwei mittelalte Männer stiegen aus, entnahmen dem Kofferraum die Taschen, die aussahen wie große lederne Werkzeugkoffer, sowie eine auf zwei Gummirädern rollende Sackkarre, mit der man normalerweise Bierkisten transportiert. Der ältere der beiden Transporteure, gekleidet in dunklen Anzug, blaue Krawatte und schwarze Lackschuhe, trug die Taschen in die Bank. Der Zweite, ein Mann mit einem nichtssagenden Buchhaltergesicht, unterschied sich von ersterem durch helle Bekleidung. Er schob die Sackkarre hinterher.

Der Taxifahrer, übrigens nie derselbe, blieb derweil gelangweilt am offenen Kofferraum stehen und wartete auf die Rückkehr der beiden. Das war immer ungefähr fünfzehn Minuten später. Dann lagen die beiden Taschen auf der Karre. Der im hellen Anzug schob, der dunkle schritt voran. Die beiden hoben die Taschen gemeinsam in den Kofferraum und verstauten die Sackkarre obendrauf. Dann stiegen sie selbst in den Wagen.

»Das ist das Münzgeld, das Wechselgeld für die Woche«, wusste der Charmeur. »Sie holen's dort, wo sie vorher die Scheine abliefern, in dem Raum hinter der Kasse.« Tatsächlich schien das so zu laufen. Harry hatte es mit eigenen Augen gesehen. Betraten die beiden Männer mit Taschen und Sackkarre die Bank, öffnete der Kassierer mittels Summer die Tür neben seinem Glaskäfig. Die Transporteure gingen am Kassierer vorbei in einen dahinterliegenden Raum. »Jetzt werden die Kohlen gezählt«, hatte Harry die Zeit festgehalten, »jetzt wird die Quittung ausgestellt, und jetzt, jetzt müssten sie wieder auftauchen.« Und sie kamen tatsächlich.

Vier Wochen checkten Harry und seine Freunde das Spiel. Lothar drängte. »Wann geht's denn endlich los? Das ist doch ein Kinderspiel!«

»Halt's Maul!« fuhr Harry dem Charmeur nach der vierten Woche Observation an. »Du hast gut reden. Du machst ja nicht mit, sitzt in deiner Bude und wartest auf die Kohlen. Also halt dich da raus. Es muss alles gut überlegt werden!«

Das hatte Harry denn auch getan und so stand sein Plan fest: Zwei Autos und vier Mann würden sie brauchen. Ein gestohlener Wagen als direktes Fluchtfahrzeug und ihr eigenes Auto zum Umsteigen. Die Bank lag an einem ovalen Platz. In den oberen Stockwerken befanden sich die Büros und im Parterre die Schalterhalle. Gegenüber, durch vier Fahrspuren getrennt, lag die Hauptpost, ein Neubau, von vier Betonpfeilern an den Ecken wie in die Erde genagelt. Davor standen auf dem breiten Trottoir sechs Telefonzellen, von denen aus man den ganzen Platz gut im Blick hatte. Nach links hin war der Platz offen. Von dort schlängelte sich die Hauptverkehrsstraße heran, die sich gabelte, um einen Gebäudekomplex zu umschlingen, der sie am Geradeauslauf hinderte. In diesem Gebäude befanden sich eine Kneipe, eine Reinigung und ein Gemüseladen. Kam man mit dem Fahrzeug von links, blieb der Verkehr ungeregelt, nach rechts wurde der Verkehrsstrom durch eine Ampel gesteuert, die auf einer Verkehrsinsel stand.

Am Straßenrand vor der Bank waren mit dicken weißen Balken schräg zur Fahrtrichtung Parktaschen auf das Pflaster gepinselt, die meisten davon für die Bankkunden.

Zunächst sollte ein Auto gestohlen und mit laufendem Motor und Willis Fuß über dem Gaspedal auf einem dieser Parkplätze bereitgestellt werden: Schnauze nach vorn, Richtung Fahrbahnmitte. Kurt sollte in Anstreicherkluft mit der darunter verborgenen Maschinenpistole links des Bankeingangs, Schorsch in Schlossermontur rechts davon Aufstellung nehmen und das ankommende Taxi erwarten. Das war wichtig, weil nie klar war, welche Parkbucht der Taxifahrer nehmen würde. Harry hatte sich als Feldherrenhügel die Telefonzelle links außen ausgesucht. Auf sein Einsatzsignal hin würde zunächst Schorsch oder Kurt, wer immer am nächsten stand, auf das Taxi zu schlendern und die drei Personen nach ihrem Aussteigen mit der Waffe bedrohen. Gleichzeitig sollte Willi den Fluchtwagen vor das Taxi setzen. Schorsch oder Kurt würde Willis Kofferraum öffnen und der inzwischen hinzu geeilte Harry hatte dann die wichtigste Aufgabe überhaupt: das Umladen der Geldkoffer. Danach würden sie der Reihe nach ins Auto springen und in Richtung Autobahn lospreschen, außer Sichtweite wenden und zu dem Parkplatz fahren, auf dem ihr eigenes Fahrzeug stand. Mit diesem würde man dann einen weiteren Parkplatz ansteuern, wo der Charmeur sie erwartete, um Waffen, Verkleidung und Beute zu übernehmen und in seine Wohnung zu schaffen. Die vier aber sollten sich trennen und in Kneipen, Tageskinos oder bei Spaziergängen die nächsten Stunden überbrücken, bis gegen Abend in Lothars Wohnung die Beute geteilt würde.

Alles schien klar, da passierte das mit Kurts Fingern. Woher auf die Schnelle einen Ersatzmann nehmen? Es war Willis Frau, die vorschlug: »Fragt doch mal den Achim! Könntet ihr den nicht gebrauchen?«

Die Meinungen über Willis Schwager Achim gingen auseinander. Zweifellos war er ein Lump. Dafür sprachen zwei Verurteilungen wegen Zuhälterei, etliche Jährchen wegen Kleinbetrügereien, und nicht zuletzt deuteten acht Kinder von sieben Müttern auf einen lockeren Umgang mit der verantwortungsvollen Lebensführung hin. Die Frage war, ob Achim einer solchen Sache gewachsen war? Sie hatten wenig Zeit und keine Wahl und so bestellte Harry Achim zwei Tage vor dem Überfall in Willis Wohnung. Fast zögernd gingen sie das Thema an, doch Achim nahm ihnen den Wind aus den Segeln. »Wenn Ihr wen braucht, um ein Ding zu drehen, dann bin ich Euer Mann! Egal um was es geht!«

Harry blieb skeptisch. Er erzählte Achim, was er zu tun habe. Der rief: »Wo ist die Kanone?« Sein Gesicht glänzte, als er die MP in den Arm nahm. Er stellte sich mitten ins Zimmer, drückte den Stahlkolben der Sten an seine Hüfte, und sein Gesichtsausdruck wechselte, bis er aussah wie Rambo.

»Also gut!« bestimmte Harry. »Abfahrt heut Abend. Die Sache steigt übermorgen. Wir brauchen noch'n Auto!«

Soll in der Ganovenwelt etwas mit Präzision ablaufen, so hat das seine Tücken. Diesmal war's das Auto. Willi, ein Autodieb par excellence, der normalerweise jeden Wagen in einer Zeit von weniger als fünf Minuten knackte, sollte das erledigen. Beim ersten Versuch, einem Mercedes, heulte die Alarmhupe auf, als er ihn kurzschließen wollte. Bei einem Golf wurde er gestört und als er sich an einem BMW zu schaffen machte, platzte beim Öffnen die Seitenscheibe. Es dämmerte bereits, ehe er gegen fünf in der Früh einen Opel Diplomat überlistete. Leider stand die Tankuhr auf Reserve. Dass auch noch die Tankklappe verschlossen war, merkte Willi erst, als zu einer Tankstelle fuhr und der Tankwart vergeblich daran rüttelte. Willi bedauerte, den Schlüssel vergessen zu haben und fuhr los. In einer stillen Seitenstraße brach er die Klappe mit dem Schraubenzieher auf und fuhr dann zurück. Ahnungslos füllte der Tankwart nach. Damit war der Wagen einsatzbereit. Im Wald vor der Stadt, wo der Überfall stattfinden sollte, kam es zur letzten Besprechung. Alle blieben wortkarg, versuchten sich zu konzentrierten oder liefen nervös auf dem Waldweg hin und her. Ausgerechnet Achim schien der Gelassenste zu sein. Er rannte mit der MP herum und spielte Nahkampf. Aber jetzt wurde die Sache Ernst. Harry packte Verkleidungen aus und verteilte sie.

Schorsch stieg in den blauen Monteuranzug und setzte die rote Ferrarimütze auf, unter der er sein verbliebenes Haar versteckte. Achim zog Kurts weißen Malerkittel an. Er war dem langen Kerl viel zu kurz, die Mütze mit der Herbol-Reklame dagegen zu klein.

Harry trug einen grünen Tankstellenmantel, der auf Brusttasche und Rücken für Mobil Oil warb. Dann klebten er und Achim sich dicke Schnurrbärte auf die Lippen. Schorsch hingegen hatte seinen Bart eigens für den Einsatz abrasiert.

Es war eine bunte Truppe, die sich, auf die beiden Autos verteilt, der Stadt näherte. Zunächst parkten sie ihr eigenes Fahrzeug und gingen zu Fuß zum designierten Ort der Tat, während Willi den Opel in der Parkbucht bereitstellte. Es war halb neun, der Platz noch fast menschenleer. Harry betrat die Telefonzelle, wählte Lothars Nummer und begann ein Gespräch, das erst mit dem Einsatz enden sollte. Es war ein Herbsttag, nicht sehr warm, und die meisten Leute hasteten in grauen Übergangsmänteln durch graues Wetter.

Irgendetwas irritierte Harry. Nach fünf Minuten wusste er auch was es war. Die weiße Gestalt von Achim, die blaue von Schorsch und seine eigene grüne Figur wirkten wie Farbkleckse auf einer Bleistiftzeichnung. Harry brummte. Lothar fragte durch die Leitung. »Was haste gesagt?« »Nichts, halt dochs Maul, ich will nicht quatschen.« »Haste Schiss« Der Charmeur lachte ins Telefon. »Du musst einfach knallhart rangeh'n , nicht denken.« Harry überkam die Wut. Oder war es Scham? Er spürte bereits ein paar Tröpfchen in seine Hose sickern und brüllte: »Erzähl nicht so'n Scheiß, Charmeur, sonst kommste her und kriegst auch ne Kanone, dann kannst du knallhart rangehn, du Pfeife.« Der Charmeur schwieg. Das wollte er nun auch wieder nicht.

Es wurde neun Uhr. »Heut sind sie aber spät«, dachte Harry, als das Taxi um die Ecke bog, langsamer fuhr und die Parkbucht genau vor dem Bankportal ansteuerte. »Es geht los«, sagte Harry ins Telefon und wollte auflegen, als er vor Schreck den Hörer losließ, und dieser an der Schnur hin und her schwang und gegen die Glaswände prallte.

»Was macht Achim denn da«, schrie er, und sein Gesicht lief rot an.

Er vergaß Lothar, riss die Tür auf, trat zwei Schritte auf die Straße und blieb in seinem grünen Tankstellenkittel stehen, den Mund geöffnet, als wolle er schreiend alles noch umdirigieren.

Willi hatte den Opel angelassen und ruckte mit dem Wagen einige Zentimeter hin und her, um seinen Mittätern Einsatzbereitschaft zu signalisieren. Schorsch schritt langsam auf das Taxi zu, öffnete dabei die Knöpfe seines Overalls, wo bereits der Kolben der MP zum Vorschein kam. Nur Achim tat nicht wie abgesprochen. Auch er bewegte sich — doch in die falsche Richtung.

Wie hypnotisiert starrte er das Taxi an, während er Schritt für Schritt rückwärts ging. Endlich riss er seinen Blick los, drehte sich um und rannte um die Ecke, als sei der Teufel hinter ihm her. Es war jedoch nur Harrys Schrei »Du Feigling«, der ihn einholte.

Schorsch, ein wenig kurzsichtig, hatte Achims Abgang nicht bemerkt sondern seelenruhig seine Kanone aus dem Overall geholt, Während

er weiter auf das Taxi zuging. Bei Harrys Aufschrei blieb er verstört stehen, blickte sich um, sah Harry verneinend winken, entdeckte Willis Kopfschütteln und wusste nicht was zu tun war. Keiner hatte ihn bis dahin beachtet, . am wenigsten die beiden aus dem Taxi. Längst hatten sie Taschen und Sackkarre hervorgeholt und waren in der Bank verschwunden.

Fünf Minuten später saßen Harry, Schorsch und Willi in ihrem Wagen auf dem Parkplatz und schwiegen. Lothar kam an und rief schon von weitem: »Na, ihr Flaschen, habt ihr das

Ding verhauen? Ihr seid doch Penner, sonst nichts. Ich verkauf den Tipp lieber wem anders!« Harry stieg schweigend aus und trat auf Lothar zu, der sich mit einem flinken Sprung zur Seite in Sicherheit brachte. »So hab ich's doch nicht gemeint«, stammelte er, und Harry schrie: »Was hältst du davon, wenn du an Achims Stelle nächste Woche mitmachst?«

Damit hatte er den neuen Termin festgesetzt.

Drei Tage später brachte Achims Frau die MP zurück. Sie kam am frühen Morgen, weil sie sicher war, zu diesem Zeitpunkt Willis Frau allein anzutreffen.

»Da habt ihr das Ding wieder!« Sie warf die in Plastiktüten verpackte Waffe auf den Kaffeetisch. »Und einen schönen Gruß von Achim, mit Feiglingen wie euch kann man kein Ding drehen!« Sprach's und verschwand.

Dienstags nahm man Kurt den Gips ab und ersetzte ihn durch eine Ledermanschette, wie sie auch Gerd Müller bei den Länderspielen trug. Er konnte so beide Finger unabhängig voneinander bewegen, also auch den Abzugsbügel betätigen.

Mittwochabend ging's wieder los. Auch dieses Mal war es schwer, ein Auto zu knacken. Willi holte schließlich einen BMW aus der Montagehalle einer Tankstelle. Am Morgen, als sie sich im Wald besprachen, sagte er ihnen, warum der BMW an der Tankstelle gestanden hatte: »Die Kupplung ist im Arsch und er springt schlecht an. Am besten, ich lass den Motor die ganze Zeit über laufen.«

Die anderen nickten und zogen sich um. Schorsch blau mit roter Mütze, Kurt weiß mit Herbol-Kappe und Harry wieder als Tankwart. Kurt trug Achims Schnurrbart, Harry ließ den seinen diesmal weg. Sie fuhren in die Stadt und nahmen wie gehabt Aufstellung. Kurz bevor das Taxi auftauchte, stieg Willi aufgeregt aus dem BMW und rief: »Er ist aus! Er ist aus! Er springt nicht mehr an!« Alle drei kamen, schoben den Wagen aus der Parktasche, schoben und schoben, und als er schließlich ansprang waren Taschen und Sackkarre schon wieder in der Bank verschwunden.

Ein Woche später hatte Harry bereits mit Ultimaten zu kämpfen. Das erste kam vom Charmeur. »Wenn's diesmal nicht hinhaut, verkauf ich den Tipp nach Frankfurt, die Jungs dort sind besser als ihr!« Auch der gutmütige Schorsch hatte etwas zu sagen: »Ein einziges Mal versuch ich's noch. Dieses Warten ist schlimmer als alles andere! Ich halt das nicht aus.«

Diesmal klappte es schon mit dem Auto hervorragend. Willi stahl einen Mercedes mit Schlüssel aus einer Hotelgarage und fand einen Parkplatz direkt vor dem Portal der Bank. Harry stand wie immer in Mobil-Grün in der Telefonzelle, Schorsch in Blau links vom Bankeingang und Kurt in Weiß rechts davon. Das Taxi kam früh. Schon als es anrollte, dachte Harry »Verdammt, kein Parkplatz frei, was macht er denn jetzt?«

Es parkte in zweiter Reihe genau vor dem Kühler von Willis Mercedes und blockierte damit den Fluchtweg. Lothar tobte.

Um Schorsch dezimiert, hielten sich die Drei die Woche danach wieder vor der Bank auf. Kurt in Weiß. Harry in Grün, Willi in Blau. Den Plan hatten sie inzwischen geändert: Willi sollte aussteigen und seinen Kofferraum selbst öffnen. Dafür trug Harry Schorschs MP. Er hatte Probleme, sie im grünen Kittel zu verstauen. Unten blickte ein Stück des ventilierten Laufes heraus. Dennoch stellte er sich mit dem Gesicht zum Telefon, sprach mit Lothar und wartete. Es wurde neun, viertel nach neun, halb zehn. Es kam kein Taxi. Harry blickte über den Platz. Jetzt kam ihm ihre Anwesenheit doch äußerst auffällig vor. »Ob die was gemerkt haben?«

Jemand rüttelte an der Telefonzelle. Harry wandte sich um, machte ein abweisendes Gesicht. Die Frau zog die Tür ein Stück auf und sagte »Ach, Sie schon wieder? Fassen Sie sich kurz!« Harry zuckte zusammen. »Na klar, die haben was gemerkt. Wir sind ja bekannt wie die bunten Hunde.« Doch so recht glaubte Harry, wie alle Ganoven nicht daran, aufgefallen zu sein.

Es wurde zehn Uhr. Jetzt war das Taxi schon eine Stunde überfällig. Vor seiner Telefonzelle stauten sich die Menschen. Er sah in die Nachbarzellen. Drei waren defekt, und er schimpfte innerlich über die Idioten, die Telefone demolieren. Neben ihm stand schon seit längerem ein Mann und telefonierte. Oder tat er nur so? Ein Zivilbulle? Es war viertel nach Zehn. Harry fühlte sich unbehaglich.

Er verließ die Zelle, überquerte die Straße und gab Kurt das Zeichen, einzusteigen. Kaum hatten sie sich in den

Verkehrsstrom eingefädelt, kam das Taxi und huschte in die Parklücke, die sie soeben verlassen hatten.

Lothar sah seine Komplizen schweigend an, seine Blicke waren tödlich.

In der darauffolgenden Woche blieb auch Kurt zu Hause: »Meine Frau macht das nicht mehr mit. Ständig unterwegs und außer Spesen nichts gewesen.« Harry sah Willi in die Augen. »Wir schaffen ‚s auch allein.« Er erklärte wie. »Okay«, sagte Willi, »so geht's.«

Sie stahlen kein Auto, sondern fuhren ihren eigenen Wagen auf den Parkplatz und gingen dann zu Fuß auf den Platz vor der Bank. Diesmal standen Harry, weiß und Willi, blau nebeneinander vor dem Bankportal, bis das Taxi auftauchte. Sie ließen den Fahrer anhalten und aussteigen, Harry stürzte auf ihn zu, drängte ihn weg und rutschte hinters Lenkrad. Willi war auf den Beifahrersitz gehuscht und bedrohte die beiden Transporteure mit der Waffe. Harry fuhr an und ließ einen verblüfften Taxifahrer zurück, der nach der Schrecksekunde hinter ihnen herlief und kreischte: »Gebt mir mein Auto wieder, ihr Lumpen! Gebt mir mein Auto zurück!« Er lief und schrie, bis ihn die Luft verließ. Dann setzte er sich mitten auf die Fahrbahn und schimpfte vor sich hin.

Die Männer im Fond waren aufgeregt, wollten etwas sagen, doch Willi brüllte immer wieder: »Schnauze.« Schließlich gelang es dem älteren, zu Wort zu kommen. »Warum das alles?« fragte er nur, und in Harry schoss eine Ahnung hoch. Warum wohl?« rief er über die Schulter, während er quietschend um eine Ecke bog. »Wegen der Kohlen hinten in den Taschen!«

»In den Taschen?« Der Ältere blickte seinen Kollegen an. »In den Taschen ist nie Geld, nur ein Scheck für die Münzen, die wir abholen.«

Harry trat auf die Bremse, sodass alle nach vorne geworfen wurden. Er riss den Schlüssel aus dem Zündschloss, sprang aus dem Wagen, öffnete den Kofferraum und hob die Taschen eine nach der anderen heraus. Schon am Gewicht spürte er, dass sie leer waren. Seine Lippen formten einen lautlosen Schrei: Loooooooohhhhthaaaaaaaarrrr!!!!

Harry erhob sich von seinem Zellenbett. Drei Jahre war er nun schon hier, aber die Nachricht, die er vorgestern erhalten hatte, war die beste in der ganzen Zeit.

Lothar war wegen Betruges zu zwei Jahren verurteilt worden. In drei Tagen sollte er mit dem Transport aus dem Untersuchungsgefängnis hier ankommen. Harry ließ seine schwere rechte Faust in die offene linke Handfläche klatschen. »Darauf warte ich schon lange.«

Er überlegte, wie am einfachsten an Lothar heranzukommen wäre. Lothar wusste, dass er, Harry, hier war und würde sich vorsehen. Vielleicht traute er sich gar nicht aus der Zelle? Blieb Wochen, ja monatelang der Freistunde auf dem Hof fern?

Die Transporte erreichten den Knast erst am Spätnachmittag Harrys Infosystem funktionierte. Bei der Abendkostausgabe raunte ihm der Hausarbeiter zu: »Der, auf den du wartest, ist da! Er liegt im Ostflügel.« Harry freute sich. Das hieß, gemeinsame Freistunde.

»Doch was wird Lothar tun? Wird er versuchen, sich in der Nähe der Wärter aufzuhalten, um Schutz vor mir zu suchen?« fragte sich Harry.

Harry war als erster im Hof, stellte sich an die Außenmauer und wartete. Da kam Lothar, blieb vor der Tür stehen, blinzelte, sah sich um, entdeckte Harry und zuckte nicht mal zusammen. Im Gegenteil. Mit einem Freudenschrei lief er auf Harry zu, der verblüfft die bereits geballten Fäuste sinken ließ. Lothar drückte Harry an sich, als seien sie die besten Freunde und rief: »Harry, mein Freund. Ich muss dir etwas Wichtiges mitteilen.« Der Charmeur senkte die Stimme. »Wenn wir rauskommen, hab ich ein Ding für dich, ich sag dir, mindestens eine Million!«

Der Totengräber

Die Rechnung wird beglichen

Es sah nach einem schönen Tag aus. Die breiten Atelierfenster und die mosaikartig eingesetzten Glasziegel ließen helles Licht herein, noch bevor die Sonne aufgegangen war.

Henry Rohwedder gähnte, streckte seinen Körper und setzte sich auf den Bettrand. Dort hielt er einen Moment inne, bis sein altes Herz den ganzen Organismus mit Blut versorgt hatte. Dann stand er auf und lief barfuß durch das große Dachgeschoss, das ihm, nur durch Stützbalken unterteilt, als Schlaf- und Wohnraum diente; er trat in den Flur, schlüpfte in die dort bereitstehenden Pantoffeln und schlappte zur Küche. Dann drückte er auf den Knopf, der den Boiler anheizte, holte Tasse und Neskaffee aus dem Schrank und füllte, als das Wasser kochte, die Tasse auf. Er wartete, bis sich die Süßstofftabletten aufgelöst hatten und streute eine Prise Salz hinein.

Die vielen Jahre, die er im Gefängnis verbracht hatte, bestimmten immer noch seine Lebensgewohnheiten: die Zubereitung des Kaffees, die Art, ihn im Stehen zu trinken, oder die Selbstgespräche, die er führte. Summend trat er ans Fenster, trank Schluck für Schluck, blickte dabei über die Dächer der Stadt und prostete der aufgehenden Sonne zu.

„Und nun ab ins Bad." Henry stellte die Tasse weg und verließ die Küche. Er putzte seine noch vollständig vorhandenen Zähne, schaute prüfend in den Spiegel, betrachtete sein braungebranntes Gesicht, die hohe Stirn, die Glatze, die von langen weißem Haar umrahmt, wurde; er zog die Haut straff, sah an sich herunter, fasste den kleinen Wulst an den Hüften und stieg, den Kopf schüttelnd, auf die Waage. 71 Kilo bei 1 Meter 76 Größe. Sollte er mit seiner Tochter frühstücken, die eine Etage tiefer wohnte? Er überlegte, entschloss sich dann, heute zu fasten. Ja, Henry war sehr eitel für seine 59 Jahre aber dennoch nicht unzufrieden. „Du hast dich gut gehalten, Henry", lobte er sich. „Sicher ist was Wahres dran: Zehn Jahre Knast sind zehn Jahre nicht gelebt."

Er beendete seine Morgentoilette, schlurfte durch den Flur und streifte vor Betreten des Wohnraums die Pantoffeln wieder ab. Sein Gesicht begann zu strahlen, als seine nackten Füße über den seidenen Keshan glitten. Das war ein Gefühl! Die Berührung der kurz geschorenen Woll-und Seidenfäden mit Füßen oder Händen machte ihn froh. Henry einen Teppichliebhaber zu nennen, wäre untertrieben. Ein Streicheln über den Flor mit verbundenen Augen sagte ihm, ob es sich um Wolle, Korkwolle oder Seide handelte; ein leichtes Kratzen mit dem Fingernagel an der Rückseite ließ ihn, ohne zu zählen, die exakte Knotendichte angeben und sogar feststellen, ob es sich um eine Senneh- oder Giordesknüpfung handelte.

Henry kleidete sich an. Die Wohnung lag nun voll im Sonnenlicht und ließ in den vielen Bildern, die an Stellwänden und Pfeilern hingen, die Farben explodieren. Ohne Schuhe und Strümpfe, aber sonst vollständig angekleidet, bezog Henry seine Lieblingsposition mitten im Raum. Er setzte sich auf ein orientalisches Kissen, das, aus einer Kameltasche gefertigt, mitten auf einem beigen Nain mit blauem Spiegel stand, und ließ die Bilder auf sich wirken.

Es gab nichts, was ihn mehr stimulierte, als barfuß auf einem Teppich zu stehen und Bilder zu betrachten. Hier hing ein Kirchner, dort ein Schmidt-Rotluff, Reckei, Mueller, Nolde, Klee. Ein Schatten zog über Henrys Gesicht. Er dachte daran, wie viele Kunstwerke er in seinem Leben gestohlen und für wenig Geld an Hehler verkauft hatte, während er nur Drucke, Lithos, allenfalls Aquarelle besaß.

Eine Stimme ließ ihn aufschauen.

“Opa, die Zeitung.“ Er erhob sich und öffnete die Tür. Seine Enkeltochter hielt ihm die Tageszeitung entgegen.

“Kommst du zum Frühstück?“

“Nein, mein Kind.“ Er lächelte sie freundlich an und streichelte über ihren blonden Haarschopf. “Sag deiner Mama, dass ich heute faste.“

Er sah ihr nach und horchte ins Treppenhaus. Kein Geräusch. Die Kneipe im Erdgeschoss war noch geschlossen. Henry hatte das Haus vom Ertrag seines letzten Coups für seine Tochter gekauft und lebte nun mietfrei. Außerdem war er am Gewinn der Gaststätte beteiligt. Damit kam er aus. Ein Mann in seinem Alter benötigt nicht mehr viel Geld. Er fuhr seit fünfzehn Jahren denselben alten Sportwagen, und die Frauen kosteten ihn nichts. Seine Eroberungen waren alle Ende Dreißig bis Mitte Vierzig, versorgt, geschieden oder berufstätig; heiraten würde er ohnehin nicht mehr.

"So, dann woll'n wir mal sehen, wen es erwischt hat." Henry bezog wieder seinen Lieblingsplatz, blätterte die Zeitung von hinten auf und suchte, wie gewohnt, als erstes die Todesanzeigen. Plötzlich erstarrte sein Blick. Mit zitternden Händen faltete er das Blatt ganz auseinander, legte es flach vor sich auf den Boden und kniete sich darüber. Er atmete schneller. Drei große halbseitige und eine kleinere Annonce kündeten vom Tode eines anscheinend wichtigen Menschen - Georg Kratz.

Das erste Inserat stammte von den trauernden Hinterbliebenen. Henry grinste schwach und sah die raffgierigen Gesichter vor seinem inneren Auge. Die zwei anderen großen Anzeigen stammten von den beiden Aktiengesellschaften, denen Kratz vorgestanden hatte. Etwas kleiner, aus dem Steuersäckel bezahlt, die Anzeige der Stadt, die ihrem prominenten Mitbürger und Träger des Bundesverdienstkreuzes nur Gutes nachsagte.

„Dieses Schwein", sagte Henry und erinnerte sich an seine letzte Begegnung mit Kratz.

Sie hatte, wie üblich, im geräumigen Gartenhaus der Villa stattgefunden, in der Kratz mit seiner Familie wohnte. Georg Kratz hielt sich meistens allein im Teehaus auf, wie er es nannte. Das war sein Reich, in dem ihn niemand stören durfte.

Vierzehn Jahre waren es her, seit Henry vor Kratz gesessen hatte.

„Na, bist du wieder draußen? Was hast du mitgebracht?" Henry schüttelte den Kopf. "Nichts!"

„Nichts?" Kratz Stimme klang enttäuscht.

"Was willst du dann hier?"

"Ja, weißt du", hatte Henry begonnen, "ich will nur etwas mit dir besprechen. Ich bin zu alt für solche Sachen. Die letzten vier Jahre Knast haben mir gereicht. Gott sei Dank wohne ich im Haus meiner Tochter, meine Frau hat sich scheiden lassen, und eigentlich brauche ich nur etwas Geld, um ein paar alte Verpflichtungen einzulösen und einige für mich wichtige Dinge zu kaufen, ein Auto zum Beispiel. Ich dachte, dass es dir nicht schwerfallen wird, mir die paar Tausender zu geben, die ich brauche, um endlich in Ruhe leben zu können."

Das Gesicht von Georg Kratz hatte sich während der Rede Henrys verdüstert. Der fünfzigjährige schwergewichtige Mann mit dem grauen Igelhaar kaute auf einer kalten Zigarre, und sein Blick ging an Henry vorbei.

"Willst du mich erpressen?" fragte er leise.

Henry erschrak. "Aber nein, wo denkst du hin? Sieh mal, du hast zwanzig Jahre lang von mir gekauft, die besten und teuersten Kunstwerke, Teppiche, Bilder, Juwelen, alles, was gut war, und du hast einen lächerlichen Preis dafür bezahlt. Heute ist das Zeug mindestens zwanzig Millionen wert, und da dachte ich . . ."

"Hast wohl im Knast rechnen gelernt", unterbrach Kratz spöttisch. "Aber wie dem auch sei. Ich habe dich immer bezahlt. Und wenn du dein Geld nicht zusammenhalten kannst, ist das dein Problem. Andererseits versteh' ich dich, hier . . ." Er nestelte etwas aus einer Schublade, "hier schenke ich dir 500 Mark. Geh dafür mal anständig essen und ficken. Ansonsten gibt's nur Geld, wenn du was bringst".

Henry ließ den Schein liegen. Sein Blick fiel auf ein Louis-Quinze-Tischchen, auf dem ein altes chinesisches Schachspiel aus Elfenbein stand. Diese Kostbarkeit, er kannte sie genau, stammte aus der Villa eines verstorbenen Spielers aus Baden-Baden.

„Er hat mir damals 500 Mark dafür gegeben", dachte Henry. "Ich erinnere mich, weil es jetzt wieder 500 sind, die er mir anbietet. Und da, hinter ihm, der Wandteppich, der antike figurale Isfahan, der eine Koransure abbildet. Kratz hat ihn vor zwanzig Jahren von mir gekauft. Stammte von diesem angeblich pleite gegangenen Reeder aus Hamburg, der nach seinem Tod erst wirklich pleite war, als ich sein Haus geleert hatte. Zwei Millionen war der Plunder wert. Was hat Kratz mir damals bezahlt? Erst achtzig-, dann noch mal fünfzehntausend, weil er angeblich nicht flüssig war."

"Dass der Kerl hier noch mal auftaucht, gefällt mir gar nicht", dachte Kratz, "aber wenn er mir drohen will, wird er sich wundern. Längst habe ich mir aus der Schweiz Quittungen besorgt, und in der Schweiz gilt im guten Glauben gekauft als ordnungsgemäßer Besitzwechsel. Ich habe sogar Zoll dafür bezahlt“, grinste er innerlich. “Und außerdem, wer wird Henry schon glauben? Ihm, dem heruntergekommenen Ganoven auf dem absteigenden Ast? — Im Gegensatz zu mir! — Ob er schon weiß, dass ich im Vorjahr das Bundesverdienstkreuz bekommen habe?“

“Nein Henry“, sagte Kratz, “es ist mir egal, ob du mich erpresst oder nur bettelst: Für mich gibt‘s nur eine Antwort: “Nichts gibt‘s!“ Damit nahm er auch den Fünfhunderter wieder vom Tisch, brachte ihn in der Schublade unter und dafür eine kleine FN Baby, Kaliber 6,35 zum Vorschein. “Und nun, Henry, machst Du die Biege und lässt dich hier nie wieder blicken.“

Henry war fortgegangen und danach nie mehr ins Teehaus zurückgekehrt, Er dachte nicht im entferntesten daran, Kratz Schwierigkeiten zu machen. Das lag seinem Ganovenverständnis fern.

,.Hat‘s das Schwein endlich erwischt!“ Henry erholte sich und ging in die Küche, kippte einen Fernet-Branca und löschte ihn mit einem Glas Wasser. Er überlegte kurz und kippte noch einen hinterher. Dann kam er zu einem Entschluss. Sein Gesicht leuchtete auf. Er zog Socken und Stiefel, Windjacke und Schal an, hastete die Treppe hinab in den Hof, öffnete das Garagentor und sprang, ohne die Tür zu öffnen, in das alte 230-SL-Cabrio, startete den Wagen, entnahm dem Handschuhfach Mütze und Sonnenbrille, setzte sie auf und das Cabrio zurück und fuhr anschließend gemütlich durch die Stadt; in den Südteil, wo seit Menschengedenken die Kapitalisten wohnten. Auch Georg Kratz‘ Villa lag, dort.

Mit wehendem Schal und Haar sah er aus wie ein Kunstprofessor. Und wirklich, über sein Gebiet — deutsche Maler der Jahrhundertwende und orientalische Teppiche — hätte Henry manche Vorlesung halten können.

Das Anwesen Kratz hatte sich in vierzehn Jahren nicht verändert. Durch das geöffnete Haupttor sah Henry mehrere Autos vor dem Portal stehen. Er umfuhr das Grundstück, parkte, fand die kleine Gartenpforte wie früher offen und ging, durch Büsche und Bäume vor Blicken aus der Villa geschützt, zum Teehaus. Er stellte fest, dass es nach wie vor durch dieselben Gitter, dieselbe Alarmanlage und dasselbe Schloss geschützt war. Einen kurzen Blick warf er durch die Butzenscheiben und erkannte im Halbdunkel das Schachspiel auf dem kleinen Tisch. Alles war unverändert!

Im Auto dachte er nach. Versonnen zeichneten seine Hände das Lenkrad nach, bis er entschlossen den Zündschlüssel drehte, den Gang einlegte und abfuhr. Morgen um zehn würde die Beerdigung stattfinden. Es gab noch viel zu besorgen, wenn er seinen Beruf als "Totengräber" noch einmal ausüben wollte.

Er fuhr Richtung Vogelsberg, ließ die Ronneburg rechts liegen und hielt zwanzig Minuten später vor der baufälligen Hütte, die am Ufer einer ganzen Anlage von Forellenteichen lag. Er öffnete die Bretterbude mit einem Schlüssel, sah einen Augenblick prüfend auf die Menge des vorhandenen Fischfutters und ergriff einen Spaten. Am oberen Ende der Teiche, dort, wo der Bach einfloss, der die Anlage speiste, begann er, neben einer Eiche zu graben. Nach zwei Minuten hielt er ein verrottetes Plastikbündel in der Hand, tauchte es in den Bach, spülte es sauber, riss die morsche Kordel durch und ließ es aufrollen. Es war eine Plastiktüte mit der Aufschrift „Mokri Zigaretten". — Henry schmunzelte. „Hab' ich sogar eine Zigarettenmarke überlebt." Er fasste hinein. Vier silberglänzende Edelstahlteile kamen zum Vorschein, drei Passformen für Schlosszylinder und eine Verlängerung. —`Liebevoll wog er sie in der Hand. Dann fuhr er zurück.

In der Stadtmitte betrat er ein Kaufhaus und kleidete sich ein. Seine alte Berufskleidung existierte nicht mehr. Er hatte damals geschwankt zwischen Wegwerfen und Behalten, als ihm auf der Zeil ein zerlumpter Bettler begegnete, der neben seinem Hut ein Schild mit den Worten:

"Wenn Sie kein Geld haben, tut's auch ein Lächeln" aufgestellt hatte. Henry war so beeindruckt, dass er heimgeeilt war, einen schwarzen Anzug, Krawatte, Schuhe, Mantel, Hut und ein weißes Hemd aus dem Schrank geholt hatte und den Bettler zwang, alles auf der Stelle anzuziehen. Er grinste jetzt noch über das Staunen der Menge, die zugesehen hatte, wie sich der Bettler in einen, wenn auch unrasierten, so doch eleganten Bankkaufmann verwandelte. Anschließend suchte er ein Kaufhaus aus, ging er in die Spielzeugabteilung, erstand dort ein großes Auto in Styroporverpackung, besuchte drei Konditoreien, bevor ihm ein Laden die benötigte Sahnespritze verkaufte, und besorgte eine Packung Gips sowie ein Kilogramm Mehl. Zu Hause schlich er mit schlechtem Gewissen seiner Tochter gegenüber die Treppe hoch und betete, dass sie ihn nicht mit den verdächtigen Einkäufen erwischte. In der Küche breitete er alles aus, mischte etwas Gips und Mehl mit Wasser, prüfte auf der Armbanduhr die Zeit des Antrocknens, beschloss, am nächsten Tag eine Idee mehr Gips zuzugeben und griff zum Telefon. “Gärtnerei Weiß am Nordfriedhof!“ meldete sich eine Frauenstimme.

“Ich möchte für morgen 9 Uhr 30 noch einen Kranz bestellen, geht das?“

„Ja, aber nur ohne Eigennamen auf der Schleife, dazu braucht‘s zwei Tage Vorbestellung. Was wünschen Sie denn?“

“Na gut, dann nehme ich . . .“, er zögerte einen Moment, “haben Sie irgendwas wie ‚Die ausgleichende Gerechtigkeit trifft jeden‘ oder ‚Gottes Mühlen mahlen langsam`?”

“Nein, leider nicht. Für wen ist es denn?“

“Ach, dann nehmen wir einfach:

Ein Gruß von einem alten Freund.“

Er hängte ein, legte sich ins Bett und schlief, erstmals seit langer Zeit, unruhig und schlecht, hörte noch tief in der Nacht die Kirchturmuhr und sein Herz um die Wette schlagen. Punkt zehn parkte Henry vor dem Gartentörchen. Er war zuvor ums Grundstück gefahren. Alles lag in tiefem Schweigen.

Die Hausangestellten waren jetzt mit der Vorbereitung für die späteren Festlichkeiten beschäftigt, sie würden ihm kaum in die Quere kommen Auf dem Boden neben dem Fahrersitz schüttete er seine Mischung aus Mehl und Gips in einen kleinen Eimer, goss aus einem Kanister Wasser hinzu und rührte kräftig, bis es ein dickflüssiger Brei war. Damit füllte er den Beutel der Sahnespritze bis zum Rand. Er verbarg die Vorrichtung durch den über den Arm gelegten Kranz, ging durchs Tor zum Teehaus, stellte den Kranz ab, sah sich um, öffnete den Mantel, kletterte aufs Vorgeländer und hangelte sich mit gekonnten Griffen auf das niedrige Dach. Vor der Alarmsirene kniete er nieder, führte die Tülle der Spritze an den Lautsprecherschlitz und presste die gesamte Füllung ins Innere. Dann zog er aus dem Mantelfutter die Styroporverpackung des Spielzeugautos und presste sie über die rote Signallampe. Henry kletterte wieder hinunter und sah auf die Uhr. Nach drei Minuten trat er an die Tür, setzte sein Werkzeug an und stand wenige Sekunden später im Flur. Einen Moment verharrend, horchte er auf die eventuell doch losplärrende Sirene. Sie blieb stumm. Er schloss die Tür hinter sich, ging in den großen Raum und setzte sich in einen Ledersessel.

Sein Herz klopfte bis zum Hals, sein Gesicht war so grau wie die Steinplatten des Trottoirs draußen, sein Atem wurde knapp. Er hatte Herzschmerzen, und es dauerte fast fünf Minuten, bis er sich erholt hatte. Da waren sie, die Kostbarkeiten seines verpfuschten Lebens. Da drüben, neben dem Kamin, dessen Sims drei goldene Boulleuhren zierten, die er einst in Aachen erbeutet hatte, hingen die Noldes - dreimal Emil Nolde in Öl. Daneben, klein wie Postkarten, die sogenannten ungemalten Bilder Noldes, die er während seines Malverbotes im Dritten Reich geschaffen hatte. Der Max Ernst dort, auch von Henry, ebenso wie der Liebermann an der entgegengesetzten Wand. Links, passend zur Täfelung, die alten Flamen, meist auf Holz gemalt, Barent van Gaal, Breughel, sie stammten aus dem Privatbesitz eines verunglückten Galeristen.

Im Nebenraum: das Ikonenzimmer, die Riemenschneider-Madonna, die alten türkischen Hereckes und Kaiserfis. Henrys Herz ging auf. Und erst als die hölzerne Jugendstiluhr, die, verborgen durch eine, Tiffany-Lampe, auf einer Kommode stand, „Üb immer Treu und Redlichkeit“ spielte, stellte er fest, dass es bereits elf Uhr war. Mit schnellen Griffen nahm er die Ölbilder von der Wand, löste mit einer Zange die kleinen Nägel, hob die Bilder aus dem Schmuckrahmen und legte sie übereinander auf wertvolle Wandteppiche, die er zusammenschlug, verknotete. Die Aquarelle rollte er ein. In zwanzig Minuten war alles im Kofferraum und auf dem Beifahrersitz verstaut. Den Kranz ließ er zurück.

Es kostet ihn Stunden, alles, ohne dass seine Tochter etwas merkte, ins Dachgeschoss zu schaffen. Henry war am Ende seiner Kräfte, und sein. Herz schmerzte derart, dass er die ganze Nacht keinen Schlaf fand und sich vornahm, am Morgen den Arzt aufzusuchen. Müde und erschöpft nach durchwachter Nacht schlich er in der Frühe die Treppen hinab. Nicht einmal der Anblick der großen Beute bereitete ihm Freude.

Am unteren Treppenabsatz musste er einen Moment verharren, dann ging er weiter, öffnete die Haustür und sah einen Streifenwagen, der genau gegenüber abgestellt war und dem soeben zwei Polizisten entstiegen. Sie schauten zu ihm und kamen über die Straße auf ihn zu. Henry fasste sich ans Herz, erst wurde ihm heiß, dann kalt. Er setzte sich auf die Treppe, der Kopf sank auf die Knie, als sein Leben erlosch.

"Zustände sind das", sagte der Polizist zu seinem Kollegen, "am frühen Morgen schon besoffen." Dann betraten sie die Kneipe, um einen Kaffee zu trinken.

Henrys Tochter hätte nie gedacht, dass ihr Vater so viele Kumpels hatte. Schon auf dem Friedhof waren Dutzende mehr oder weniger auffällige Jungs herumgestanden, jetzt saßen sie in der Kneipe und verzehrten Kaffee und Kuchen. Es waren so viele, dass ihr die Kaffeelöffel ausgingen. Sie schickte ihre Tochter nach oben. "Geh mal in Opas Wohnung hol alle Kaffeelöffel die du findest". Die Kleine kam schnell und total verwirrt zurück, sie brachte kaum ein Wort heraus. Henrys Tochter eilte die Treppe hoch. Auch ihr stockte der Atem, als sie die Wohnungstür öffnete, die nicht verschlossen war. Die Wohnung war besenrein geräumt. Nichts stand oder lag mehr herum, nur ein großer Kranz in der Mitte des Wohnzimmers, mit Schleife und der Aufschrift:

„EIN LETZTER GRUSS VON EINEM ALTEN FREUND"

Arbeit?

Oder: Arbeitstherapie

Der Knastbeamte schließt meine Zelle auf. »Warum klappern Sie immer auf dem Ding rum?« fragt er und deutet auf meine Schreibmaschine. »Ich arbeite.« — »Das ist doch keine Arbeit!« — »Natürlich ist das Arbeit!« — »Das ist keine Arbeit. Warum geh'n Sie nicht arbeiten, wie die anderen auch?« — »Die anderen arbeiten auch nicht an der Schreibmaschine!« — »Das können Sie doch abends machen!« — »Abends ist die Zeit zu kurz!« — »Jedenfalls sollten Sie's mal mit richtiger Arbeit versuchen.« —»Was ist das denn, richtige Arbeit?« — »Na, so bei T&N oder VDO, mit den Händen und so!« — »Warum geh'n Sie denn nicht zu VDO, wenn nur Arbeit mit den Händen richtige Arbeit ist? Wenn man's so sieht, arbeiten Sie ja auch nicht!« Schon leicht verunsichert, erwidert er jetzt: »Ich bin Beamter!« — »Weiß ich, aber so wie Sie es beschreiben, kann es keine Arbeit sein, die Sie da verrichten.« Der Beamte schweigt einen Moment, überlegt. »Zingler, ich glaube, Sie wollen mich auf den Arm nehmen.« Die Zellentür fällt zu, kurz darauf erscheint er wieder, hält zwei Schildchen in der Hand und meint nun: »Wenn Sie schon klimpern, können Sie mir auch mal die Namensschilder ausfüllen. Dann tun Sie wenigstens mal was Richtiges, Nützliches.« — »Gerne.« Ich schreibe die beiden Schildchen und gebe sie ihm. »Hier, jetzt sind Sie aber froh, dass ich mal richtig gearbeitet habe, oder? « Er grinst: »Deshalb hab' ich sie Ihnen ja gebracht.«

Am nächsten Tag bringt er mir wieder zwei Namensschilder. Ich schreibe sie, er bedankt sich. Als ich abends an den Zellen vorbeigehe, finde ich sie nicht; sehe überall nur Handgeschriebene. Morgens bringt er wieder zwei. Er verschwindet mit den getippten Schildchen. Vor dem Mittagessen laufe ich schnell den Gang auf und ab. Sie sind nirgends zu sehen. Er steht bei der Essensausgabe. Ich frag' ihn nach den Schildchen.Er lacht: »Die brauch' ich gar nicht, aber Ihnen ich bringe das Arbeiten schon noch bei.

Zur letzten Unruh

Wenn der Volksmund meint: „Das letzte Hemd hat keine Taschen“, so stimmt das zwar, doch nur die wenigsten Menschen haben im Leben die Taschen so voll, dass für später etwas übrig bleibt. Im Gegenteil. Als Reisegepäck ins Jenseits tragen die meisten nur ein Bündel Verpflichtungen, von denen sie ihr Ableben gnädig erlöst.

„Im Tod hat der Kaiser sein Recht verloren!“ weist ein anderer kluger Spruch allzu eifrige Steuereintreiber in ihre Schranken, doch auch da wurde im letzten Jahrhundert ein Ausweg ersonnen. Die Erben. Was aber, wenn einer keine Erben hat, denen er Gut oder Ungut hinterlassen kann?

Einen Anspruch allerdings kann der Staat keinem Erben aufhalsen, weil er im Todesfalle sofort erlischt:

Den Strafanspruch!

Auf gut Deutsch, wer stirbt, muss nicht mehr in den Knast oder hat ihn, falls er dort weilt, zu verlassen, wie in diesem Zustand üblich, mit den Füßen voran, aber unverzüglich. Dass in einem solchen Fall ein fehlender Erbe die sofortige Vollziehbarkeit behindern könnte, denkt wohl niemand. Am wenigsten der arme Boris. Er machte sich über so was gar keine Gedanken.

Als er vor sechzig Jahren in Polen geboren wurde, hätte ihm niemand voraussagen können, wie unstet er die Welt durchleben würde. Als die Deutschen sein Heimatland überfielen, war Boris erst vierzehn, aber nach Meinung der Eroberer groß und stark genug, um daheim im Reich als billige Arbeitskraft für Deutschlands Endsieg eingesetzt zu werden. Im Kohlenrevier des Ruhrpotts holten sie ihn zu jeder Dreckarbeit. Er tat dies weder willig noch unwillig.

Nach der Befreiung fuhr er für die Amerikaner Transporte mit Armeeverpflegung durchs Land. Die desolaten Verhältnisse in Polen und die Tatsache, dass die Russen jenen Teil des Landes besetzt hielten, aus dem er stammte, erstickten jedes aufkommende Heimweh. So musste er zusehen, wie er zurechtkam. Bei den Deutschen hatte er Überleben gelernt. Jetzt setzte er die Strategie nach dem Motto fort: „Gut ist, was mir gut tut“.

Er lebte nach dem Grundsatz: „Bist du schwach, weich den Schlägen aus, lauf weg!“ Die kapitalistische Geldvermehrung lernte er nebenbei. Schludriger Umgang der Amerikaner mit Fressalien, für die die hungernde Bevölkerung gar den Familienschmuck opferte, erleichterten seine erst kleinen, dann größer werdenden Schiebergeschäfte. Als er zweiundzwanzig Jahre alt wurde glaubte er, mit fünfundzwanzig Millionär zu sein. Aber Millionäre sind aus einem anderen Holz geschnitzt. Sie benötigen eine entschieden kriminellere Energie, als Boris sie mit seinen läppischen Unterschlagungen aufbrachte. So wurde er erwischt, vor ein Militärgericht gestellt und eingebuchtet. Als er nach einem Jahr entlassen wurde, war er für ein normales Leben versaut. Deutschland steckte im Aufbaufieber. Arbeitskräfte wurden gesucht. Boris wollte nicht. Er hatte, so sagte er sich, sechs Jahre für Deutschlands Untergang geschuftet, für den Aufbau sollten sie selbst sorgen. Er merkte schnell: Wer keine Arbeit will, kriegt auch keine; und lebt trotzdem. Er vagabundierte, stahl, was er brauchte, selten mehr. Er lernte das Land von Parkbank zu Parkbank kennen. Seit der Zeit bei der Army trank er mehr regel- als mäßig eine Flasche Whisky am Tag. Dann musste er aus Sparsamkeitsgründen auf Bier und Wermut umsteigen. Er errechnete, wie viel mehr er von diesem Stoff brauchte, um den Prozentgehalt einer Viertelgallone Whisky zu erreichen.

Das war sein Quantum, daran hielt er sich eisern.

Nicht mehr, aber auch nicht weniger!

Der Diebstahl einer Wolldecke brachte ihn erneut ins Gefängnis. Wohnsitzlose werden konsequent für jede Kleinigkeit eingesperrt. Diese Erkenntnis wurde für ihn besonders in den Wintermonaten wichtig. Im Laufe der Jahre erreichte er vierundsiebzig Verurteilungen. Dabei gelang es ihm nicht immer, die Knastzeiten in den kalten Winter zu legen. Einmal erwischte es ihn gar mit viermal vier Jahreszeiten. Nicht, dass er ein großes Ding gedreht hätte. Er wurde dem Richter lästig, vor dem er so oft gestanden und mit gesenktem Kopf gesagt hatte: „Herr Richter, bitte nicht so viel aber auch nicht zu wenig. So im März, April, möchte ich wieder auf die Walz.“

Boris verkehrte nur in großen Häusern: Zuchthäusern, Polizeigebäuden, Krankenhäusern und Wohnheimen. Er kannte die Caritas und das Diakonische Werk, überhaupt alle Stellen, bei denen es etwas umsonst gab, aber auch die leicht zu bestehlenden Schnapsabteilungen der Supermärkte.

Er freute sich über jeden Sonnenstrahl, zog eine Decke um die Schultern, wenn es kalt wurde und trank sich die innere Wärme an. Boris war sein Leben lang nicht krank gewesen, daher überraschte es, dass er an diesem Nachmittag gegen vierzehn Uhr auf dem Gefängnishof einfach tot umfiel.

Kollegen trugen Boris ins Krankenrevier und betteten ihn auf die einzige Liege der Station. Erst vier Stunden später erschien der Anstaltsarzt. Er konnte nur noch feststellen: Exitus. Herzversagen. Der Anstaltsleiter, Dr. Miller, beauftragte den für Boris zuständigen Sozialarbeiter Frick, unverzüglich dafür zu sorgen, das Boris' Körper entlassen werde, weil niemand festgehalten werden dürfe, gegen den kein Strafanspruch vorliege.

Sozialarbeiter Frick setzte sich gemütlich in Bewegung. Als erstes suchte er Boris' Akte, um herauszufinden, wer denn der nächste Angehörige sei. Die Akte war nicht in der Registratur, nicht in der Ablage, nicht beim Pfarrer und nicht beim Arbeitsinspektor.

Normalerweise hätte Frick jetzt seine Aktivitäten eingestellt, bis die Akte zufällig wieder auf seinem Tisch gelandet wäre. Selbst wenn es Wochen gedauert hätte. So nach dem Motto: Ohne die Akte ist der dazugehörige Mensch nicht vorhanden. Im Falle Boris ging das nicht. Fluchend sah Frick auf die Uhr. Gleich fünf. Er packte seine Tasche. Morgen war schließlich auch noch ein Tag. Als er morgens früh die Anstalt betrat, harrte seiner schon ein dicker Anschiss. „Warum haben sie den Fall Boris gestern nicht abgeschlossen? Wir dürfen niemanden einsperren, gegen den kein Strafanspruch besteht! Außerdem besitzt die Sanitätsstation keine Kühlzelle!"

Der Anstaltsleiter tobte. Frick machte sich auf die Socken. Er fand das, was er suchte, kurz vor Mittag im Zimmer der Telefonistin, die immer Akten bei sich stapelte, um darin herumzuschmökern, wenn ihr die Arzt- und Liebesromane ausgegangen waren. Frick trug das Bündel in sein Zimmer. Er kochte sich einen Kaffee, ließ sich in den stabilen Holzstuhl plumpsen und begann zu blättern. — Geburtstag, Geburtsort, letzter Wohnsitz — Boris war wohnungslos, aber irgendwann in Miesbaden gemeldet gewesen. Frick griff zum Telefon. Er verlangte die Miesbadener Stadtverwaltung, wurde vermittelt, falsch verbunden, wieder vermittelt und geriet schließlich an die zuständige Frau. Sie bestritt vehement, mit dem toten Boris etwas zu tun zu haben. Er sei ordnungsgemäß abgemeldet, sie wolle gern der Anstalt eine Kopie der Abmeldebescheinigung übersenden.

„Na denn“, entschied Frick, „bleibt er eben in unserer Stadt.“ Es müsste so sein, wie bei den Bundes- und Landtagswahlen. Wer keinen festen Wohnsitz nachweisen kann, hat ein Anrecht auf Eintragung in die Wählerliste der Stadt, in der das Gefängnis liegt.

Der Mann auf dem Ordnungsamt, den Frick anrief, widersprach. „Wählerliste und Friedhofsplatz sind zwei ganz verschiedene Dinge, Herr Frick!“ Er gab ihm dennoch die Rufnummer des Friedhofsamtes. „Wer zahlt?“ war die erste Frage. Auf die wusste Frick keine Antwort. Man verwies ihn ans Sozialamt. Als Frick es dort versuchte, war es bereits kurz nach vier. Niemand hob mehr ab. „Dann ist heut halt nichts mehr zu machen.“ Frick packte seine Tasche und verdrückte sich. Er war sich keiner Schuld bewusst. Auch dem Anstaltsleiter leuchtete am nächsten Morgen ein, dass Behörden pünktlich Feierabend machen. Dennoch raunte er: „Nun machen Sie dalli, dass er unter die Erde kommt, Frick. Er riecht nämlich schon.“ Frick telefonierte den ganzen Morgen. Das Friedhofsamt verweigerte weiterhin eine Aufnahme, bis das Finanzielle geregelt sei. Das Sozialamt verwies auf den Antragsweg.

Es wurde Mittag, und Frick wurde ratlos. „Am besten“, dachte er, „die Anstalt besäße einen eigenen Friedhof.“ Er war richtig stolz auf die Idee und beschloss, sie bei der nächsten Betriebsversammlung vorzutragen. Dann packte er sein Mittagessen aus, kaute bedächtig, überlegte weiter. Dabei kam ihm ein Gedicht in den Sinn, das er in der Sonntagsbeilage der Tageszeitung gelesen hatte und das lautete:

„Wer andere einsperrt, sperrt sich aus / wer andere aussperrt, sperrt sich ein / wer weder ein-, noch aussperrt, ist kein richtiger Deutscher.“ Frick fühlte sich als richtiger

Deutscher, auch wenn ihm unterbewusst schwante, der Dichter könne etwas anderes gemeint haben. Frick faltete sorgsam das Brotpapier zusammen, kam zu keinem Entschluss und informierte gegen 13 Uhr den Anstaltsleiter von seine fruchtlosen Bemühungen.

Dr. Miller sah Frick strafend an. „Muss ich denn alles selber machen?" Frick grinste heimlich, als er sich Dr. Miller mit Hacke und Schaufel auf dem Friedhof vorstellte, doch er sagte nichts, katzbuckelte und ging schweigend aus dem Zimmer.

Dr. Miller rief selbst den Friedhof an. Sie wollten die Leiche immer noch nicht. Das Sozialamt verwies auf den Antragsweg. Millers Vorgesetzte im Justizministerium wussten keinen Rat, außer dass sie ihn strikt anwiesen, Boris' Leiche unverzüglich aus den Bestandsbüchern zu tilgen. Erstens mache Miller sich eines Rechtsbruches schuldig, denn gegen Boris bestehe kein Haftgrund mehr. Zweitens werde jeder Haftplatz dringend gebraucht!

„Ob man denn die polnische Botschaft …?" fragte Miller, doch das Justizministerium winkte ab. Boris sei staatenlos und besitze den deutschen Fremdenpass. Das Abschieben sei bei lebenden Türken leichter, als bei toten Staatenlosen.

Miller rief seinen Freund, den Landrat, dann seinen Freund, den Bürgermeister an. Beide stimmten zu, dass es sich um einen unhaltbaren Zustand handele, handeln wollte aber keiner von beiden. Millers Wut auf Boris wuchs. Erstmals betrachtete er sein Lieblingsbuch, das Strafvollzugsgesetz, mit Abscheu, weil ein solcher Fall darin nicht vorkam. Ja, wenn dieser Kerl noch lebte, dann hätte Miller in Sekundenschnelle den richtigen Paragrafen gefunden, Boris das Leben zu vermiesen. Doch da das bereits gründlich geschehen war, fühlte er eine nie gekannte Ratlosigkeit. Miller fragte den Kassenverwalter, wie viel Geld Boris besitze. Vierundvierzigmarkdreißig. Damit war kein Staat und erst recht keine Beerdigung zu machen.

Mittlerweile war es halb fünf geworden.

Miller ging, ehe er das Haus verließ, an der Tür der Sanitätsstation vorbei und sog die Luft durch die Nase ein. „Nein, noch ist hier draußen nichts zu riechen!" Er seufzte und murmelte vor sich hin. „Jeder Penner, der tot auf der Straße gefunden wird, liegt kurz drauf unter der Erde." Flüchtig kam Miller der Gedanke, den toten Boris diese Nacht einfach so ... am Stadtrand ..., aber er verwarf den Gedanken wieder. Das hätte man sofort machen müssen. Jetzt wissen zu viele Leute Bescheid. Er schwor sich, beim nächsten Mal

Er trat durch die Außenpforte, überquerte die Straße und betrat „Die Traube". Wie täglich um die gleiche Zeit setzte er sich alleine ans Kopfende des leeren Stammtisches. Er trank ein Glas Trollinger. Niemand sprach mit ihm. Das hatte er den wenigen, die sich vor Jahren zu ihm gesetzt und versucht hatten, ihn in ein Gespräch zu verwickeln, gründlich abgewöhnt. Er gab keine Antwort und es war ihm recht so. Heute sah er sich um, hätte gerne gehabt, dass jemand mit ihm spräche. Er wusste, unter den Mittelständlern, die dieses Lokal besuchten, waren zwei Beerdigungsunternehmer, aber sie hielten sich an die von Miller selbst ausgegebene Regel. Er zahlte. So einsam hatte er sich lange nicht gefühlt.

Nachdenklich trottete er nach Hause.

Am nächsten Morgen setzte Miller seine ganze Autorität ein. Er telefonierte und telefonierte. Zunächst mit Pfarrern aller Konfessionen. Boris, dieser blöde Hund, hatte doch tatsächlich bei seiner Einlieferung angegeben, er sei Atheist. Das wurde nun ihm und dem Direktor Miller zum Verhängnis.

Beinahe hätte Boris eine vierte Nacht zu Unrecht im Knast verbringen müssen, aber glücklicherweise kam es dazu nicht. „Wir holen ihn in dreißig Minuten ab!" sagten die Totengräber, und Miller war so erleichtert, dass er sich nicht einmal traute, nach dem Grund des Sinneswandels zu fragen. Und so geschah es dann. Zwei Männer kamen, banden sich Masken vors Gesicht und hoben den toten Boris in eine Zinkbadewanne. Sie trugen ihn, drei Tage und vier Stunden zu spät, mit den Füßen zuerst durchs Gefängnistor hinaus. Sie verluden ihn in den anthrazitfarbenen Mercedes des städtischen Friedhofsamtes und fuhren traurig und langsam in Richtung Gottesacker.

An der Ausfallstraße beschleunigten sie, ließen den Friedhof links liegen und bogen auf die Autobahn in Richtung Frankfurt ab. Sie folgten den Schildern, auf denen es hieß: Universitätskliniken und stoppten vor einem Tor mit der

Aufschrift „Anatomisches Institut“. Aufs Klingelzeichen kamen zwei Angestellte in weißen Kitteln heraus und halfen, den Zinksarg ins Haus zu tragen. „Vorsicht“, meinte der Fahrer. „Er riecht schon ein bisschen“. „Macht nichts. Die Studenten schnippeln an allem rum, was ihnen vorgelegt wird.“ Sie luden Boris ab und gingen zurück. „Was ist mit unserem Geld?“ fragte der Fahrer. „Ach so“, meinte der Angestellte. „Ihr wollt es ja in bar.“

Er zog zwölf Hundertmarkscheine aus der Tasche und zählte sie vor.

Schilfrohr

So, wie er heißt, sieht er auch aus. Er ist dünn, biegsam und stark, sehr stark. Seine Arme sind muskulös, aber schlank und unter der Haut wälzen sich Adern wie Flüsse. Der Oberkörper erscheint schmächtig, jede Rippe ist zu sehen und auch jede Sehne und jeder Muskel so wie bei den Jesus-am-Kreuz-Schnitzwerken von Veith Stoß. Er könnte auch Schilfrohrs Gesicht geschnitzt haben. Alle Ränder und Kanten sind deutlich voneinander abgesetzt. Die dunklen Augenringe trennen die Tränensäcke von den Wangen. Die Nasenkerben umlaufen tiefgefurcht die Mundwinkel und bilden den Abschluss der Gesichtshälften nach unten. Das Kinn springt energisch vor und bildet ein tiefes Tal zwischen kantiger Spitze und den weichen, vollen Lippen. Seine Nase ist scharf, mit einem kleinen, klassischen Höcker; doch am eindrucksvollsten sind seine Augen. Die dickfleischigen Lider scheinen zu schwer für die Muskeln und zeigen immer nur schmale Sehschlitze unter fast fehlenden Brauen.

Spricht Schilfrohr, bewegt er nicht nur Arme und Oberkörper, um seine Worte zu unterstreichen, er verdreht auch die Pupillen, bis nur noch das Weiß des Augapfels zu sehen ist, wie bei Menschen in tiefer Bewusstlosigkeit. Seine Unterarme und Hände sind feingliedrig, wie oft bei kräftigen Menschen. Die Knöchel wirken abgeschabt und viele kleine Narben beweisen heftige Faustkämpfe und körperliche Arbeit. Er ist nervös und bewegt den Körper auch bei der Arbeit ruckartig wie ein aufgedrehter Spielzeugroboter. Er arbeitet gut, spült seit Jahren die schweren Kästen und Thermosbehälter in der Anstaltsküche.

Schilfrohr ist der Lebenslängliche auf Raten. Einige Male gab man ihm Urlaub. Er kam nicht zurück. Einmal brach er aus, lief bei einer Ausführung weg, einmal gar wurde er entlassen. Dies alles unterbrach seine Knastzeit nur um wenige Wochen.

Seine Mitgefangenen behandeln ihn mit Respekt und vorgetäuschter Freundlichkeit. In Wirklichkeit hassen sie ihn, wissen um seine körperliche Überlegenheit. Und obwohl er seit Jahren keine Schlägerei mehr auskämpfte, fürchten sie seine Brutalität, die nicht zu sehen, aber spürbar ist. Dies hatte auch das Gericht erkannt, als es ihm die hohe Strafe zudiktierte.

Schilfrohrs Kollegen wünschten sich nichts sehnlicher, als dass jemand kommt und Schilfrohr zertrümmert und damit die ständig von ihm ausgehende Bedrohung zerstört.

Und noch was gibt's über Schilfrohr zu sagen: er hat ein feines Gespür für die Schwächen anderer, was er skrupellos ausnutzt.

Obwohl draußen in Freiheit strikt heterosexuell, hat er ständig irgendeinen jungen Burschen auf seiner Zelle liegen, der für ihn die Frau spielt. Meist sind es Männer, die vorher nichts von ihrer latenten homoerotischen Neigung wussten. — So wie bei Harri. Als Harri Blume in die Küche kam, freuten sich die anderen Küchenhelfer, dachten, endlich sei jemand gekommen, der es mit Schilfrohr aufnehmen könne. Harri war groß und kräftig. Den Wohlstandsspeck hatte er während der bisherigen Haftzeit verloren. So wirkte sein volles, blasses Gesicht irgendwie jungenhaft. Er besaß einen breiten Mund über rundem Kinn, eine gerade Nase, und unter den weißen Brauen schauten zwei hellblaue Augen lustig und listig um sich. Auch in seinem blonden, sorgsam gescheitelten Haar war trotz Harris 38 Jahren keine Lichtung zu erkennen. Vor einigen Jahrzehnten wäre Harri mit offenen Armen bei der Aktion "Lebensborn" empfangen worden. Er war selbstständiger Metzger, über eine Kängeruhfleisch-geschichte gestolpert und erstmals im Knast. Seine Metzgerei wurde von seiner Frau und seinen beiden halb erwachsenen Kindern weitergeführt.

Schilfrohr sah ihn zum ersten Mal, als Harri frischweiß eingekleidet im Glaskasten des Küchenaufsehers stand und den Instruktionen lauschte. Ein Blick in Harris blaue Augen, und alles in Schilfrohr spannte sich. Vier Tage lang versuchten alle Knackis in der Küche, Harri und Schilfrohr gegeneinander aufzuhetzen, bis die Spannung fast riechbar über den Dampfkesseln lag wie der Geruch der Erbsensuppe. Dann schritt Schilfrohr zur Tat.

"Darf ich Sie ‚mal sprechen?" klopfte er an die Glastür des Aufsichtsraumes. Überrascht sah der Küchenbeamte hoch.

“Ja, kommen Sie rein. Was gibt‘s?“ Schilfrohr beugte sich fast freundschaftlich zu dem Beamten nieder, der am Schreibtisch saß, und flüsterte: “Verlegen Sie Harri Blume auf meine Zelle, sonst gibt‘s ein Unglück!“ Unsicher schaute der Beamte in Schilfrohrs Gesicht, dann ließ er seinen Blick durch die große Glasscheibe über die Küche schweifen, wo alle Arbeitskräfte so taten, als seien sie in ihre Beschäftigung vertieft. Dabei schielten sie aus den Augenwinkeln zum Beamtenraum und ihre Ohren wurden so groß wie Dampfkesseldeckel. “Warum? Was für ein Unglück?“ Der Beamte fragte nur, um das Gesicht zu wahren. Schilfrohrs Wunsch war ein Befehl für ihn, wusste Schilfrohr doch nach mehr als zehn Jahren in der Küche zu viel. So war Schilfrohr in der Lage aufzuzählen, wann welcher Beamte wie viele Kotelettreihen mit nach Hause genommen hatte, wo letztes Weihnachten die spurlos verschwundenen 200 Hähnchenkeulen gelandet waren, und warum ständig Tiefkühlkost fehlte.

“Sie sehen doch, Herr Hauptsekretär, dass alle Blume gegen mich aufbauen. Wenn‘s keinen Knall tun soll, legen Sie uns zusammen, damit wir Freundschaft schließen!“

“Muss ich mir überlegen“, winkte der Beamte Schilfrohr barsch aus dem Raum.

Als Schilfrohr gegen sechs Uhr abends seine Zelle betrat, beugte Harri sich gerade über das untere Etagenbett und spannte sein Laken auf. Schilfrohr trat hinter ihn, strich ihm über den Hintern und sagte:

“Na, Harri? Willkommen in meiner Hütte!“ Mit einem wütenden Knurren schoss Harri herum.

“Lass die Finger bei dir, du Arschficker!“ Er hob seine Hände, ballte sie zu Fäusten und ließ sie sinken, als er in Schilfrohrs entwaffnendes Lächeln schaute.

“Ich bin keine Tunte. Ich bin verheiratet und habe zwei Kinder. Nimm dich in acht, sonst kriegste ‚nen Hammer!“

Am Abend drehte Schilfrohr für beide einen dicken Joint und schloss Freundschaft mit Harri. Bevor sie ins Bett gingen, strich er kurz, wie unbeabsichtigt, über Harris Haar. Harri sagte nichts.

Kein Tag verging in den nächsten Wochen, ohne dass Schilfrohr Harri irgendwo anfasste. Mal legte er seine Hände auf

Harris Arme oder Schultern, strich ihm über den Kopf oder gab ihm einen freundschaftlichen Klaps aufs Gesäß. Harri, so schien's, nahm all dies nicht wahr.

"Hau ab und lass mich in Ruhe!" war sein letztes Aufbegehren, als Schilfrohr ihm vor versammelter Mannschaft einen lustigen Freundschaftskuss auf die Wange schmatzte.

Schilfrohrs zweiter Taktik war Harri wehrlos ausgeliefert. Zunächst dachte Harri sich nichts dabei, dass Schilfrohr sich mitten in der Zelle, ganz lässig, fast wie'n Striptease, entkleidete, nackt auf und ab lief und seinen strammen, muskulösen Körper produzierte. Harri sah nicht hin oder angestrengt weg, stellte dann bei sich fest, dass er erst heimlich, dann ungeniert, Schilfrohrs Körper bewunderte. Auch als Schilfrohr vor seinen Augen onanierte, war Harri nicht etwa angeekelt, im Gegenteil, es machte ihn an. Als Schilfrohr das bemerkte, bewegte er sich nicht mehr so ungeniert, ließ die Unterhose an oder verkroch sich zum Onanieren hinter die Schamwand. Harri wurde immer gieriger, lief dann in der Zelle hin und her, erzählte irgendwas und versuchte dabei, hinter die Schamwand zu spähen.

Es geschah in der vierten Woche. Wieder stand Schilfrohr hinter der Schamwand. Harri beugte sich weit aus dem Bett, um dahinter zu spähen. Er lag auf der Seite, stützte sich mit dem rechten Ellbogen ab, hatte die linke Hand in die Hosentasche gesteckt und spielte an sich herum. Schilfrohr sah über die Schamwand zu Harri hin, stand auf, trat auf ihn zu und steckte ihm seinen Schwanz in den Mund. Harri wehrte sich nicht. Dann drehte Schilfrohr ihn auf den Bauch und fickte ihn. So verlor Harri seine Unschuld. Anschließend drosch er mit harten Schlägen auf Harris Hintern ein, bis die Haut sich rötete. Harri nahm es hin. Er wurde eine dankbare Frau. Nicht nur in der Küche übernahm er einige Arbeiten, die normalerweise zu Schilfrohrs Dienstbereich gehörten, nein, er reinigte auch immer ihre gemeinsame Zelle, machte die Betten, deckte den Abendbrottisch, und beim gemeinsamen Duschen wusch er Schilfrohr von unten bis oben wie ein Baby.

Nachts trug Harri ein von Schilfrohr im Lazarett organisiertes weißes Baumwollnachthemd, das irgendein Knacki mit bunten Blumen bestickt hatte.

Dieser Zustand hielt immer vier Wochen lang an. Er dauerte jeweils bis zum monatlichen Besuchstag, wenn Harris Frau kam. Schon am Tag zuvor wurde Harri nervös, maß Schilfrohr mit ängstlichen Blicken und war nach dem Besuch einen Tag lang kaum ansprechbar. Dann erst hatte Schilfrohr ihn wieder im Griff.

Gegen Harris Frau kämpfte Schilfrohr schon lange. Zunächst hatte er Harri gezwungen, alle Briefe und Bilder von Frau und Kindern zu verbrennen. Dann verlangte er, Harri solle ihre Briefe überhaupt nicht oder wenn, dann nur in geschäftlichem Ton beantworten. Schließlich bat Schilfrohr seinen alten Bewährungshelfer, ihn zu besuchen, und zwar an dem Tag, an dem auch Ellen Blume erwartet wurde.

Schilfrohr betrat den Besuchsraum und sah Harri in inniger Umarmung mit einer dunkelhaarigen, attraktiven Frau. Schilfrohr begrüßte seinen Bewährungshelfer und trat dann an Harris Tisch. "Willst du mich nicht vorstellen?" fragte er freundlich und verzog sein Gesicht zu einem lustigen Kasperle. Harris Frau sah Schilfrohr misstrauisch an. In Sekundenbruchteilen lehnte sie ihn ab.

"Das ist mein Zellenkumpel Schilfrohr", stellte Harri ihn zögernd vor.

Schilfrohr ergriff Ellen Blumes Hand, die ihm gar nicht hingestreckt wurde, und hielt sie fest. Dabei sah er Ellen an. Unter ihren Augen, die von dichten Brauen überschattet waren, zog sich die Nase kurz und gerade wie ein Strich. Darunter wölbte sich ein voller Mund. Die Oberlippe zierte ein dichter, dunkler Flaum.

"Sie hat ‚nen Bär bis zum Bauchnabel", dachte Schilfrohr, ließ ihre Hand los, drehte sich um und setzte sich zu seinem Besucher.

"Ein unheimlicher Mann", sagte Ellen Blume leise zu ihrem Mann, "irgendwie gefällt er mir nicht."

"Nein, nein", wagte er schwachen Widerspruch, "er ist schon okay."

Mehrfach noch begegneten sich die Augen von Ellen Blume und Schilfrohr, jedes Mal wich sie seinem frech-herausfordernden Blick aus und sah dann doch wieder hin. Harris Besuch war zuerst beendet. Als er mit seiner Frau den Raum verließ, blickte Schilfrohr ihnen nach und starrte auf Ellen Blumes Hintern.

Auf der Zelle rief er pathetisch: “Klasse, deine Frau, allererste Klasse, ehrlich, Harri.“ Er streichelte Harri zärtlich über den Kopf und den Hals, steckte einen Finger ins Ohr, trieb ihn kurz fest hinein und zog ihn zurück. Harri zuckte zusammen.

“Weißt du was, Harri? Schreib ihr, jetzt, sofort, schreib ihr, sie soll dir ein paar Nacktbilder schicken.“ Harri weigerte sich, doch nach drei Tagen Liebesentzug durch Schilfrohr setzte er sich hin und schrieb. Die Antwort ließ nicht lange auf sich warten. Schon eine Woche später purzelten sechs Polaroid-Fotos aus dem Briefumschlag. Schilfrohr griff als erster danach, lief in der Zelle hin und her und betrachtete sie, während Harri geknickt am Tisch saß und vor sich hinstarrte.

“Wirklich, ein Rasseweib, Harri!“ Harri sagte nichts. “‚n Rasseweib, Harri ... aber ‚ne Sau!“

Harri gab keine Antwort.

“Sieh doch ‚mal, Harri, was glaubst du, wer diese Fotos gemacht hat?“

Harri sagte nichts.

“Dein Sohn vielleicht? Oder deine Tochter? Nein, das glaubst du doch selbst nicht. Sie hat ‚nen Stecher!“

Harri sagte nichts.

“Verstehste, Harri, sie fickt draußen herum, die Sau!“

Harri gab keine Antwort.

“Weißte was, Harri? Wenn du rauskommst, lässt du dich scheiden! Du und ich, wir schmeißen deine Metzgerei schon! Dazu brauchen wir das Drecksweib nicht. Haste verstanden?“

Harri sagte nichts.

Acht Monate später wurde Harri entlassen. Trotz aller Versprechungen besuchte er Schilfrohr in den folgenden Wochen kein einziges Mal. Auch Schilfrohrs Briefe wurden nicht beantwortet.

Schilfrohr beantragte Urlaub, und zu seiner Überraschung wurden ihm vier Tage gestattet. Ohne Vorankündigung fuhr er nach G., die Stadt, in der Harri wohnte. Morgens um 11 stand er in der Wurstküche der Metzgerei Blume. Harri hängte gerade einen Knüppel voller praller Wurstringe in den qualmenden Rauch, sah über die Schulter, wer gekommen war, und der Räucherstock fiel ihm aus der Hand. Würste purzelten in die brennenden Sägespäne, kollerten durch die Wurstküche oder zerplatzten auf dem Boden. Harri bückte sich, sammelte sie teilweise auf, dann erst wagte er, Schilfrohr anzublicken. Erst stockend, dann immer hastiger, sprach er auf Schilfrohr ein. Schließlich kamen seine Worte so schnell und glatt aus seinem Mund wie Erbsen aus dem Blasrohr.

"Tag, Schilfi! Welche Freude! Weißte — wenig Zeit, ich mein', ich hatt' wenig Zeit, seitdem ich draußen bin. War alles etwas durcheinander, viel zu erledigen. Du weißt schon, wie immer, wenn man nach Jahren nach Hause kommt und ..." Er hielt ein, sah Schilfrohr an. Der schwieg. "Nächste Woche, Schilfi, bestimmt, nächste Woche hätt' ich dich besucht. Frag meine Frau, ich hab' immer von dir gesprochen. Wirklich, ich hätt' dich besucht. Glaubst du nicht? Na, egal, dafür biste jetzt hier. Herzlich willkommen!" Er sprach nicht weiter, und um Schilfrohrs Blick auszuweichen, kniete er sich hin und fischte eine weitere Wurst auf, die unter den Kohlekessel gerollt war. Hitze und Dampf in der Wurstküche hatten sein Haar fett und strähnig auf den rosigen Schädel geklebt und so, wie er herumkroch, sah er aus wie ein Schwein, das dem Schlachter entkommen will.

Schilfrohr trat auf Harri zu, hob ihn vom Boden hoch, fuhr ihm spielerisch durchs Haar, strich am Ohr vorbei und kniff ihm in die Halsschlagader. Er ließ erst los, als Harri leichenblass war, und sagte freundlich: "Dann kann ich wohl ‚nen Tag oder zwei bei dir bleiben. Hab' nämlich Urlaub, vier Tage lang."

"Natürlich", antwortete Harri erleichtert, "ich geh' eben in den Laden und sag' meiner Frau, dass du hier bist. Sie wird sich freuen. Mit ihr ist übrigens alles wieder in Ordnung."

Er lief hastig durch den Flur, die schmutzige Wurst immer noch in der Hand, und zog die Schiebetür zum Laden auf. "Schmeiß den Kerl ‚raus!" Ungeachtet der Kundschaft vor der Theke hatte Ellen Blume recht laut gesprochen.

»Geht nicht, Ellen. Er ist doch ein Kumpel. Bloß für eine Nacht, bitte!" Frau Blumes Blick glitt zwischen den wartenden Kunden, ihrer Tochter, die im Service mithalf, und ihrem Mann hin und her.

“Also gut, für eine Nacht“, wandte sie sich wieder ihrer Kundin zu. Harri ging aufatmend in die Wurstküche zurück. “Du bist herzlich willkommen.“

Am Abend aßen und tranken sie reichlich. Die Kinder gingen gegen 11 ins Bett, und nach der fünften Flasche Sekt fand Ellen Blume Schilfrohr sogar sympathisch. Sie machten ihm ein Bett im Wohnzimmer, im ersten Stock, gegenüber ihrem Schlafzimmer. Die Kinder wohnten unter dem Dach.

Schilfrohr schlief nicht. Er dachte nach, wo wohl die Einnahmen verbunkert seien. Er musste pissen, stand auf, lief über den Flur und vernahm, als er die Schlafzimmertür passierte, die Geräusche einer wilden Vögelei. Leise drückte er die Klinke nieder. Da lag Harri mit dem Rücken zu ihm auf der Seite. Die Beine seiner Frau umschlangen seinen Unterleib, während sie selbst, für Schilfrohr nicht einsehbar, auf der anderen Seite halb aus dem Bett hing. Er hörte ihr genussvolles Stöhnen, sah eine ihrer Brüste mit steifem Nippel, und ab und zu, wenn Harri sich aufwärts bewegte, den Hügel der Venus und die dichte Behaarung zwischen ihren Beinen. Harris Hintern war der Tür zugekehrt. Schilfrohr überlegte nicht lange. Er schlich auf Zehenspitzen zum Bett, zog seine Hose aus, ließ sich neben Harri gleiten, und bevor der reagieren konnte, hatte er sich tief in Harri Hintern versenkt. Harri wagte nur kurzen Widerstand, dann erschlafften seine Muskeln und sein Wille. — Jetzt erst merkte Ellen Blume, dass sich etwas geändert hatte. Sie öffnete die Augen, stieß einen Schrei aus, wälzte sich vom Bett weg, kam auf die Füße und wollte fliehen, blieb aber seltsam gebannt stehen. Angewidert und fasziniert zugleich sah sie, was Schilfrohr mit ihrem Mann anstellte, blickte unentschlossen zur Tür und dann wieder auf das ineinander verkeilte Paar.

“Komm her.“ Schilfrohr winkte sie zum Bett. Sie rührte sich nicht.

“Los, Harri, sag deiner Frau, sie soll herkommen und zusehen, was ich mit dir mache!“ Harri keuchte vor Lust und unter Schilfrohrs Last.

“Komm her, Ellen, bitte.“ Zögernd trat die Frau näher.

“Los, leg dich neben uns“, herrschte Schilfrohr sie an. Sie gehorchte. Schilfrohr zog sich aus Harri zurück, legte sich zwischen die Beine der Frau und bohrte sich in sie hinein. Sie leistete keinen Widerstand.

“Siehst du, Harri, so fickt man eine Frau. Schau richtig zu.“ Ellen Blume wehrte sich nicht nur nicht mehr, sie genoss die Situation.

Diese Nacht dauerte lange, und Schilfrohr blieb. Nicht nur zwei Tage oder vier; nein, er kehrte nicht in den Knast zurück, sondern versteckte sich bei den Blumes. Er arbeitete nicht, verschlief den Tag, ging abends durch die Stadt, forderte Geld, bekam es, kleidete sich neu ein.

Nachts wurde er aktiv. Nun beherrschte er beide, Ellen und Harri Blume.

Nach vier Wochen wurde ihm das zu langweilig. Eines Nachts, mitten im Liebesspiel, zog er sich zurück.

“Was ist, was hast du?“ versuchte Ellen, ihn wieder in sich aufzunehmen. Er zog sich weiter zurück. Auch Harri war besorgt. “Ist was?“

“Morgen“, befahl Schilfrohr, »morgen Nacht bringst du deine Tochter mit ins Zimmer. Sie ist sechzehn und kann schon einen Stoß vertragen!“ “Nein! Lass meine Tochter aus dem Spiel.“

Schilfrohr drehte die Frau mit einem Ruck auf den Bauch und stieß ohne Vorbereitung in ihr braunes Öfchen, so dass sie vor Schmerz aufschrie.

“Was hast du gesagt?“ fragte er verdächtig leise und legte seine Hand um ihren Hals. Sie röchelte.

“Harri, sag deiner Frau, dass sie tun soll, was ich verlange.“ Harri sagte nichts.

“Gut, gut“, gab sich Ellen geschlagen, “ich bring‘ sie dir... morgen.“ Am Frühstückstisch herrschte eine andere Stimmung als an den Tagen zuvor. Keiner sprach. Alle stierten in die Kaffeetassen. Trafen sich Blicke, wichen sie einander schnell wieder aus, wie zwei aufeinander zu rasende Autos. Es knisterte. Die Tochter stand als erste auf und ging zur Berufsschule. Schilfrohr sah auf ihren mädchenhaften, von der Jeans zusätzlich betonten Hintern und wurde geil.

“Heute Abend“, drohte er den beiden, “sonst erlebt ihr was!“ „Ja, heut Abend“, stimmte die Mutter zu und verließ den Raum.

"Ich muss den Laden aufmachen." Schilfrohr schmierte sich ein Leberwurstbrot, während er ihr zufrieden hinterher blickte. Die Stulle war noch nicht ganz verzehrt, als sich die Tür öffnete, zwei Polizisten eintraten und ihm Handschellen anlegten. Hinter ihnen stand Ellen Blume, mit steinernem Gesicht.

Nun ist Schilfrohr wieder hier in der Anstaltsküche. Die Kollegen, die während seiner Abwesenheit aufgeatmet hatten, ducken wieder und hoffen... Vorgestern kam ein neuer Koch, ein großer, grober Kerl, dem der Ruf des Totschlägers vorauseilte.Seit gestern liegt er auf Schilfrohrs Zelle.

Das Päckchen

Heute Nacht würde Gretzki es vollbringen. Er hatte sich diesen Termin gesetzt, und dabei sollte es bleiben! Er war ein Typ, der schaffte, was er sich vornahm. Nur, Gretzki war nicht mehr der Jüngste; mit Mitte vierzig eigentlich schon zu alt für einen Spitzeneinbrecher. Niemand wusste das besser als er selbst.

Die Berufskollegen in seinem Alter waren saniert. Entweder sie besaßen ein Geschäft oder sie saßen in Sicherungsverwahrung. Doch als Knastrentner wollte Gretzki nicht enden.

Er schritt in der dunklen Wohnung umher, trat ans Fenster, spähte hinter den Gardinen auf die drei Etagen tiefer liegende Straße. »Kommt sie denn immer noch nicht? Das Theater ist doch längst aus?«

Die Straße war beidseitig dicht beparkt. Nur gegenüber, vor der Einfahrt zu einem Behördengebäude, verbot ein großes Warnschild das Anhalten von Autos. Durch die schmale Gasse, die als Fahrrinne frei geblieben war, schob sich im Schritttempo ein heller Peugeot mit französischem Kennzeichen. »Will sicher in die neue Kneipe«, dachte Gretzki, »die von dem Algerier an der Ecke, die die Parkmisere in dieser Gegend noch verstärkt.« Gretzki hatte vor drei Wochen mal kurz in die Kneipe reingeschaut. Meist Nordafrikaner und deutsche Junkies hatte er gesehen.

Wo nur seine Frau heute Abend blieb?

Er lief leise durch die Wohnung und beugte sich über das Bett seiner Tochter, die zusammengerollt wie ein Embryo schlief.

Im Esszimmer beleuchteten drei Kerzen das aufgebaute Buffet. Er lief um den Tisch, hob die Flasche DOM aus dem Kühler und prüfte mit der Hand die Temperatur, naschte schnell ein paar Artischockenböden, hob den Deckel des Topfes an, der auf dem Rechaud stand, griff sich ein Froschschenkelchen heraus und verbrannte sich die Finger.

Ja, er hatte es sich etwas kosten lassen, diese letzte Nacht, die er noch leben wollte. Er war sein Leben lang ein richtiger Typ gewesen, und ein Gretzki gab nicht so ohne weiteres freiwillig die Löffel ab. Er bezweckte mit dem Dinner etwas

Bestimmtes. Seine Frau wollte er treffen, ihre gierigen Augen letztmals noch gieriger werden sehen, bevor er sich für immer verabschiedete.

Nein, an seinem verpfuschten Leben der letzten Jahre war sie nicht schuld. Computer, Mobile Einsatzkommandos, Observierungskolonnen, Telefonabhörungen und V-Leute hatten seine Nerven verbraucht, seine Finger zum Zittern gebracht und dazu geführt, dass er von den letzten fünf Jahren vier im Knast verbringen musste. Es war auch nicht schlimm, dass seine Frau, während er saß, das Leben genoss und innerhalb kurzer Frist das verprasste, was er mühsam angeschafft hatte. Nein, das einzige, was ihn störte, war ihre Verachtung für ihn, weil er es nicht mehr so schaffte wie früher.

Dieses Weib hat zehn Jahre lang nicht gewusst, wie Arbeit aussieht. Bald würde sie es lernen müssen. Der Gedanke daran tat ihm gut. Gretzki atmete tief durch, er naschte von der getrüffelten Gänseleberpastete und ging wieder ans Fenster. Gleich halb zwölf. Das Theater musste schon eine Stunde zu Ende sein. Er fühlte, dass sie den Absprung plante. Er war verbraucht, ausgemolken, brachte nichts mehr. Sie suchte einen neuen Idioten, so einen, wie er es gewesen war! Mensch, war er stolz gewesen, damals, als er dem reichen Fabrikbesitzer das gut aussehende Mannequin abgestaubt hatte, bis er erfuhr, dass der kurz vor der Pleite stand und damit Monikas Bereitschaft zu wechseln erheblich erleichtert hatte. Sie zeigte nicht den geringsten Schock, als er ihr erklärte:

»Ich bin Einbrecher.« Sie meinte, sie fände es gut, wenn er nur genug heimbringe würde. So hatte sie ihn in ihr Leben eingeplant bis zum nächsten Absprung. Gretzki hatte geglaubt, er würde geliebt. Der einzige Fehler in ihrer Rechnung war das Kind. Gretzki erwischte Monika, als sie, im sechsten Monat schwanger, vom Küchentisch auf den Boden sprang. Damals verprügelte er sie das einzige Mal.

Wieder sah er aus dem Fenster. Der helle Peugeot fuhr immer noch um‘s Karree; kein Parkplatz.

Die Frau kam nicht.

Die Froschschenkel gingen zur Neige. Er öffnete die Flasche DOM, zwei weitere lagen im Kühlschrank. Sie wusste von nichts, würde heimkommen und denken, er habe ein

Riesending gedreht. Ihre Augen würden vor Gier so groß werden, dass sie den Haaransatz auffräßen. Dann würde er ihr genüsslich die Beute beschreiben, bevor er das Haus verlassen und sich still und heimlich, mit hundert Schlaftabletten im Magen, an der tiefsten Stelle des Steinbruchsees ertränken würde. Ihr Hass, ihr gieriges Gehabe, ihre Suche nach ihm und der vermeintlichen Beute würden ihm noch in der Hölle guttun.

Gretzki schmunzelte, holte die zweite Flasche, ließ den Korken knallen und schenkte sich ein. Er ging zur Käseplatte über, dann stellte er sich wieder ans Fenster.

Verdammt, sie kommt nicht! Dafür fuhr der Peugeot erneut eine Runde. Hinter beschlagenen Scheiben erkannte Gretzki mehrere Insassen. Dieses Biest, wechselten seine Gedanken wieder. Jetzt musste sie ihm auch noch den letzten Abend versauen. Er hatte halt in seinem Leben nie Glück, musste immer alles hart beschaffen und lang ersitzen. Seine Totenfeier hatte ihn den letzten Fünfhunderter gekostet.

Da fuhr doch dieser verdammte Peugeot schon wieder um den Block. In diesem Moment klingelte das Telefon. Gretzki schreckte zusammen. Er hob ab.

»Gretzki!«

»Ich bin‘s«, es war die Stimme seiner Frau. »Ich komme nicht nach Hause. Der Hauptdarsteller hat mich noch eingeladen. Kümmer Dich um das Kind, wenn ich am Morgen nicht da sein sollte«, befahl sie. »Natürlich«, erwiderte er, »bleib nur, von mir aus auch zwei, drei Tage oder zieh gleich zu dem alten Sack!«

»Henri«, schrie sie auf. »Was ist denn mit Dir los? Da stimmt doch was nicht? Du gestattest mir ... ? Da steckt doch was hinter? Du willst mich nur aus der Wohnung haben. Gretzki«, sagte sie jetzt gefährlich leise, »sag mir sofort, was los ist?!«

»Nein, bleib wo Du bist.« Er hängte ein. Er öffnete die dritte Flasche Champagner, wendete den Salat mit dem Löffel, damit er frisch aussehe, aß den letzten Froschschenkel und ging zum Fenster.

Der Peugeot fuhr im Schritttempo vorbei, beschleunigte plötzlich und bog auf kreischenden Rädern um die Ecke. Der

Grund für die Eile war Sekunden später zu sehen. Ein Polizeiwagen, der die gleiche Richtung einschlug. Der Peugeot tauchte kurze Zeit darauf wieder auf, raste heran und blieb mit kreischenden Bremsen stehen.

Ein Mann sprang heraus, legte ein Paket hinter den Mauersockel des Behördenzaunes, hetzte ins Auto zurück und fuhr weiter.

Angenagelt fixierte Gretzki das Versteck, dann raste er wie der Blitz aus der Wohnung, die Treppen hinab, öffnete vorsichtig die Haustür und spähte um die Ecke. Auf der Kreuzung kontrollierten Polizisten den Peugeot. Vier Männer mussten sich mit den Händen aufs Auto stützen und wurden durchsucht. Gretzki lief die zwanzig Meter bis zum Sockel, fasste dahinter, zog ein dickes Päckchen hervor, steckte es unter den Pulli, sah sich um und huschte zurück in den Hausflur und die drei Stockwerke hoch. Ein Blick aus dem Fenster brachte nichts Neues. Er ging zum Tisch, legte das Päckchen zwischen die halb geleerten Platten, setzte sich davor und sah es sich im Schein der Kerzen von allen Seiten an.

Es handelte sich um eine große Herrentasche aus rotbraunem Leder. Die Tragschlaufe war aus den Ösen entfernt, dafür umspannte sie in Querrichtung ein kurzer, stramm zugeschnallter Riemen. Henri Gretzki genoss die letzten Pastetenscheiben, füllte sein Champagnerglas auf und begann zu raten, was darin sein könnte. Das Ding war prall voll und wog ungefähr zwei Kilo. Es tickte nicht und wies auch keine harten Konturen auf. Genüsslich schlürfte er das Getränk, stand, um die innere Spannung zu erhöhen, auf, ging einige Schritte hin und her und setzte sich wieder.

Noch sann er darüber nach, ob er es öffnen oder so, wie‘s war, zurückbringen oder wegschmeißen sollte. Er ahnte, dass der Inhalt seinen Entschluss ins Schwanken bringen konnte. Seine Neugier siegte. Mit aller Kraft zog er an dem Riemen, um ihn aus der Schnalle zu bringen. Die Tasche wölbte sich befreit auf wie eine Frau, deren Korsett platzt. Fast von selbst faltete sie sich auf, lag wie eine Satteltasche, rechts und links je ein Packbeutel, vor ihm.

Wieder schlürfte er erst ein Glas Champagner, bevor er sich entschied, links anzufangen. Mit einem Ruck riss er den

Verschluss auf und erstarrte. Die Tasche war voller Geld. Mit Mühe zog er die eingeklemmten Bündel heraus, zerriss dabei einige Scheine. Es waren Tausender, Fünfhunderter, Hunderter. Mit schnellen Fingern zählte er die Bündel durch, ordnete die Scheine nach Wert und wiederholte die Zählung. Das Ergebnis: hundertfünfundneunzigtausend Mark. Im anderen Beutel steckte kein Geld.

Ein dick zugeklebtes Paket kam zum Vorschein. Es war so oft umwickelt, dass er eine Schere brauchte, um es zu öffnen. Nach und nach faltete er es auseinander. Es handelte sich um die Plastiktüte einer französischen Milchfirma, aus der er vier, ebenso zusammengewickelte, durchsichtige Plastikbeutel hervorzog, die prall mit einem weißen Pulver gefüllt waren.

Er wusste, um was es sich handelte und war sich doch nicht sicher: Heroin oder Kokain! Als alter Knastbruder wollte er mit Rauschgift nichts zu schaffen haben. Von diesem Geschäft hatte er immer die Finger gelassen, dafür gab's zu viel Knast. Am besten gleich entsorgen, dachte er und hörte gleichzeitig unten die Haustür zuschlagen. Seine Hand konnte das Geldbündel kaum umspannen, als er sich nach einem Versteck umsah. Schließlich verstaute er es in einem Plüschhasen seiner Tochter, der an der Wand hing und der hinten einen Reißverschluss hatte und bereits des Öfteren zu Ähnlichem benutzt worden war.

Gretzki nahm wieder Platz, seine Frau betrat die Wohnung. Ihr Gesicht war vom Laufen und Treppensteigen gerötet, die blonden Haare standen ihr wild vom Kopf ab und fielen über den Kragen des Silberfuchsmantels. Sie gaben ihr das Aussehen eines Racheengels. Gretzki war wie immer von ihr beeindruckt. Obwohl ihr Atem schwer ging, kreischte sie los, als sie ihn im Kerzenlicht vor den Resten des kalten Buffets sitzen sah.

»Was geht denn hier ab? Feierst Du Orgien, wenn ich nicht im Hause bin?«

Ohne die Antwort abzuwarten, streifte sie durch alle Zimmer, knipste Lichter an, löschte sie wieder, suchte die Frau, von deren Anwesenheit sie überzeugt war.

Zurückgekehrt, hob sie den Deckel des Topfes, tunkte einen

Finger in den Rest der weißen Soße, verbrannte sich, leckte ihn ab und fuhr Gretzki an:

»Froschschenkel hattet Ihr? Wo ist die Schlampe? Ihr habt mich wohl kommen sehen, wie?« Sie trat ans Fenster, sah aber nichts, wollte es öffnen, aber Gretzki zog sie zurück.

»Geh nicht ans Fenster, komm, setz Dich! Diese kleine Party war für Dich gedacht, Du bist nicht heimgekommen, da habe ich fast alles selbst aufgegessen.«

»Und was verschafft mir diese Ehre?«

Er zögerte, ließ in diesem Moment sein ursprüngliches Vorhaben fallen und erklärte: »Ich wollte mit Dir ein Geschäft feiern. Aber dann merkte ich, dass die Beute zwar wertvoll, für mich aber wertlos ist.« Dabei wies er mit dem Kopf auf die Ledertasche.

Mit fliegenden Fingern griff Monika Gretzki hinein, hielt den Plastikbeutel hoch. »Das hier?«

»Ja, das.«

»Wieso wertlos? Das ist Koks. Das ist ‚ne Menge wert. Wie viel ist es?«

»Ich weiß es nicht. Wozu sollte ich es wiegen, wenn ich‘s sowieso wegwerfen will?«

»Wegwerfen?« schrie sie, drückte das Päckchen schützend an ihre Brust, als sei es ein Baby. »Du bist verrückt! Du wirst senil! Das ist eine Droge, kostet dreihundert Mark das Gramm. Und sowas willst Du wegwerfen? Nur weil‘s nicht in Deine altmodischen Vorstellungen eines ehrlichen Ganoven passt? Du Versager! Ich werde nicht zulassen, dass Du es wegwirfst. Ich nehme das jetzt in die Hand, gleich morgen früh. Doch zunächst will ich Dir beweisen, zu was dieser Stoff gut ist.« Ihre Kenntnisse erstaunten ihn nicht, vermutete er doch schon lange, dass in den Kreisen, in denen sie alleine verkehrte, Drogen nichts Unbekanntes waren. Dennoch bekam er Angst. »Monika, ich schätze, es ist ein Kilo. Weißt Du, was es für ein Kilo gibt?«

»Ja, mindestens hunderttausend Mark!«

»Nein, das mein‘ ich nicht, aber zehn Jahre Knast oder vorher schon eine Kugel in den Kopf, wenn Du an die falschen Leute gerätst!«

»Papperlapapp!« Sie warf den Silberfuchs von der Schulter,

ließ ihn mitten im Flur liegen und legte das Päckchen auf die Küchenwaage.

»Tausendfünfzig Gramm«, jubelte sie, »da können wir uns fünfzig Gramm rausnehmen, los, gib mir ein Messer!«

»Monika, ich will Dich an eine alte Absprache erinnern!«

»Welche?«

»Jedem sein Bier! Was ich tat, nahm ich auf meine Kappe, egal ob Du beteiligt warst oder davon profitiert hast. Ich hab alles alleine abgesessen, obwohl Du normalerweise auch die Hälfte hättest übernehmen müssen. Diese Sache hier ist Dein Bier. Ich will damit nichts zu tun haben, verstehst Du mich, oder ich werfe es weg!«

»Bedeutet das, dass auch das Geld alleine für mich ist?« lauerte sie.

»Wie Du willst, nur einen Tipp. Versuch nicht, es hier in der Stadt zu verkaufen!«

»Was Du nur hast, ich kenn hier genügend Leute.«

»Na denn«, er zuckte die Achseln, wandte sich ab und ging ins Bett.

Seine Frau folgte ihm. »Henri, ich werde Dir jetzt etwas zeigen, was Du noch nicht kennst.« Sie entkleidete sich und schmiegte sich an ihn. Er drehte sich weg, doch sie kannte seine Stellen. Nach wenigen Minuten begehrte er sie so stark, wie seit Jahren immer wieder.

»Moment.« Sie zog sich zurück, brachte einen Spiegel herbei, auf dem fünf oder sechs Lines von dem Koks aufgereiht waren. Sie reichte ihm einen der Plastikstrohhalme, mit denen sonst die Tochter ihre Milch schlürfte.

»Hier, zieh‘s hoch, in jedes Nasenloch eine Line!«

Neugierig und weil er meistens tat, was seine Frau wollte, zog er es hoch. Seine Nase brannte, sein Rachen brannte, und er zog Speichel im Mund hoch, um den bitteren Geschmack loszuwerden. Sie machte es genauso. Den Rest der kleinen Häufchen verrieb sie an seinem und an ihrem Körper, versprach ihm dabei den Genuss seines Lebens.

Gretzki fühlte seinen Kopf wachsen, meinte, eine kirchengroße Halle in seinem Schädel zu haben, seine Nerven waren aufs äußerste gespannt, und alles kam ihm in den Sinn, nur nichts Sinnliches. Seine Frau hockte sich auf ihn und ritt seinen gefühllosen Körper. Er betrachtete sie dabei, als sehe er sie zum ersten Mal, fand die großporige Haut auf ihren Brüsten auf einmal hässlich, entdeckte die kleinsten Fältchen an Hals, Mundwinkel, Augen, stellte fest, dass ihr Po schlaff wurde und wusste, dass ihre Schönheit dahin war.

Als seine Frau mehr als eine Stunde später auf ihm zusammenbrach, hatte er das Gefühl, als menschlicher Dildo benutzt worden zu sein. Er hatte ein Gehör bekommen wie ein Blinder, konnte verstehen, was Leute unten auf der Straße sprachen. Er war jetzt völlig nüchtern und nicht mehr müde. Er kochte Kaffee und bereitete das Frühstück für seine Tochter, beachtete seine Frau kaum, die sich anzog, zwei Reisetaschen packte und ohne Abschiedsgruß aus dem Hause lief. Das Päckchen nahm sie mit.

Als es halb acht Uhr wurde, steckte er das Geld ein und begleitete die Tochter zur Schule, sah sich dabei sorgfältig nach verdächtigen Personen um, konnte aber nichts entdecken. Er brachte die Beute in Sicherheit, kaufte Lebensmittel für eine Woche im Voraus und verließ die Wohnung keine Minute mehr. Innerhalb dieser Woche würde er von seiner Frau hören, wahrscheinlich durch einen Anwalt.

Am Morgen des vierten Tages schellte es. Gretzki öffnete, nicht ohne vorher die Sicherheitskette eingeklinkt zu haben. Als erstes erkannte er im halbdunklen Flur ein dickes Bündel Illustrierte.

Aha, ein Zeitschriftendrücker, dachte er, doch dann sah er das Gesicht. Es gehörte einem Nordafrikaner. Der Mann lächelte. »Entschuldigen Sie bitte«, sagte er mit französischem Akzent. »Ich bin Student und finanziere mein Studium mit dem Verkauf ...« Gretzki ließ ihn nicht ausreden.

»Ich bestelle nichts!« sagte er, wollte die Tür zuschieben, doch der Fuß des Mannes stand dazwischen.

»Hören Sie«, sagte der Besucher, »als ich zuletzt hier war, hat eine blonde Frau mir einen Auftrag unterschrieben. Sie lebt doch hier, die blonde Frau? Nicht wahr?«

»Nein«, erwiderte Gretzki, trat den Fuß aus der Tür und schloss sie. Er ging ins Schlafzimmer, nahm die gepackte Tasche mit den Spielsachen seiner Tochter, schwang sich aus dem Hoffenster auf das fünfzig Zentimeter höher liegende

Dach, balancierte zwei Häuser weiter, stieg durch ein offenstehendes Oberlicht, schlich die Treppen hinab in den Flur, durch den Hof und den Hintereingang eines türkischen Krämerladens, wo er höflich in erstaunte Gesichter grüßte. So geriet er in die Nebenstraße.

In der Schule holte er seine Tochter unter einem Vorwand aus dem Klassenzimmer, ging mit ihr vor das Portal, setzte sich neben sie auf die Treppenstufen und fragte: »Willst Du ein paar Monate zur Oma gehen, oder möchtest Du mit mir in ein Land fahren, wo es Palmen gibt und das Meer, wo wir den ganzen Tag schwimmen und Boot fahren können?«

Die Kleine runzelte die Stirn, sah sehr erwachsen aus in diesem Moment, so, als erkenne sie die Tragweite der Frage.

»Gibt's da auch eine Schule?«

»Nein!«

»Dann komm ich mit Dir«, strahlte sie.

Frankfurter Würstchen

Mitte der achtziger Jahre, passierten in Frankfurt die Dinge, die mich inspirierten, wiederum sieben Jahre später ein Filmdrehbuch zu schreiben, dessen Arbeitstitel zunächst „Zweigroschenoper“ hieß, der Film wurde allerdings als „Maus und Katz“ in der ARD gesendet.

Er handelte natürlich vom Bahnhofsviertel und dem soundsovielten Versuch der Stadtväter, das dortige Sexgewerbe vor die Tore der Stadt zu drängen. Wie üblich mit einer sogenannten „Sperrgebietsverordnung“ und im Auftrag der Banken, denen es widerstrebte, dass zu Füßen ihrer Paläste ein derart kriminelles und unmoralisches Treiben herrschte. Dass oben bei ihnen, im 30. Obergeschoss, viel, viel kriminellere und unmoralischere Geschäfte abgeschlossen wurden, war für sie kein Thema. Nun hatte die Stadt dergleichen schon mehrmals versucht, war aber immer wieder, spätestens beim hessischen Verwaltungsgerichtshof, gescheitert.

Das lag zum einen daran, dass das Gericht immer erkannte, wie die Stadt die Prostituierten und die Bordellbetreiber ausgetrickst hatte, weil sie wussten, dass diese Leute keine Lobby haben. Einem Anwalt, der zuvor fast zehn Jahre lang das Ordnungsamt geleitet hatte und der dann die Seiten wechselte, gelang es, der Stadt fortan eine gerichtliche Niederlage nach der anderen zuzufügen. Es handelte sich um Torsten Schiller! Anfang der 80er Jahre hatte er in einem FAZ Artikel unter der Überschrift „Die Prostituierten sind immer schuld“ ironisch die Praktiken der Stadt entlarvt.

Nun wollten die Stadtväter auf Nummer sicher gehen und dem Druck der Banken folgen, im Bahnhofsviertel endlich für „Sauberkeit“ zu sorgen. Dieses Mal verließen sich die Stadtväter nicht auf ihre Gesetze, sondern inszenierten eine hinterhältige Intrige. Zunächst sondierte man unter dem damaligen Bürgermeister Wallmann die Gegnerschaft. Wer könnte auf die Seite der Stadt gezogen werden?

Die Wahl fiel auf das Brüderpaar Beeker, das seit Jahrzehnten im Milieu Häuser besaß, Cafés, Kneipen und Bordelle betrieb oder vermietete, oft als Strohmänner eines noch viel reicheren Frankfurters, des Investors Buchmann, mit dem die Stadt schon mehrere große Immobiliengeschäfte getätigt und dabei nicht immer gut ausgesehen hatte. Buchmann hatte gleich nach dem Krieg mit der „New York City Bar" in der Moselstraße begonnen, den Grundstock für sein beachtliches Vermögen zu legen. Dieses Trio B und BB firmierte nun als eine holländische, anonyme Gesellschaft. Das deswegen, weil die anderen Jungs aus dem Milieu nicht wissen sollten wer dahintersteckt, damit nicht Neid oder Streitigkeiten ausgelöst wurden.

Die Stadt hatte mittlerweile intern beschlossen, das Bahnhofsviertel erneut durch eine neue Sperrgebietsverordnung zu säubern. Um keine Gegenwehr und keine Klage zu riskieren, sollte diesmal das Milieu zustimmen. Dafür musste man ihm etwas anbieten, was so groß war, die Bordellstruktur des Bahnhofsviertels zu ersetzen. Ideal erschien ein Grundstück in der Breite Gasse, das sich bis zur Zeil und nach hinten bis zur Lange Straße erstreckte. Das Problem war, das Grundstück gehörte der Stadt und hätte nur mit Genehmigung des gesamten Stadtrates verkauft werden dürfen, zudem nicht an Unternehmer aus dem Milieu, was sich die Stadtväter durch ein Verordnung aus den 50er Jahren selbst auferlegt hatten. Also musste wieder getrickst werden.

Das Grundstück wurde getauscht mit einem anderen, das dem „Allgemeinen Almosenkasten", einem Verein aus dem 19. Jahrhundert, gehörte. Der AA, eine Einrichtung zur Speisung der Ärmsten, gehörte der Stadt und unterstand alleine dem Städtischen Kämmerer. Also winkte die Stadtverordnetenversammlung den Tausch ab, nicht wissend, was der AA mit dem Grundstück vorhatte. Als das erledigt war, verkaufte der AA das Grundstück an die bereits erwähnte holländische Gesellschaft und das Bauamt gab auch gleich eine Baugenehmigungszusage für ein Bordell mit hunderten von Liebesnestern. Die Unterschrift unter den Deal mit der Stadt leisteten die Beekers aber erst, als sie, angesichts der Unzuverlässigkeit städtischer Zusagen, einen Zusatzpassus in den Kaufvertrag brachten:

„Sollte es der Stadt nicht gelingen, ihre Sperrgebietsverordnung durchzusetzen, muss sie eine Mietausfallbürgschaft von 80 Millionen Mark leisten."

Denn eines war klar: sollte auch nur ein Puff offiziell im Bahnhofsviertel weiterbetrieben werden, würden auch die anderen nicht umziehen wollen, wo dort täglich abertausend potentielle Kunden vorbeiziehen. Gesagt, getan und unterschrieben. Nun waren die Beekers an der Reihe! Sie sollten für das neue Bordell werben und die anderen Puffbesitzer dazu bringen, dorthin zu ziehen, zu mieten und auf Klage für ein weiter bestehendes Bahnhofsviertel zu verzichten.

Die Beekers und ihr Partner Buchmann begannen mit der „Aufklärungsarbeit“ unter der Konkurrenz. Sie wüssten ganz, ganz vertraulich, dass dieses Mal eine hundertprozentig sichere Verordnung alle Puffbetreiber aus dem Bahnhofsviertel vertreiben würde, weil erstmals auch für die Verwaltungsrichter erkennbar, ein geeignetes Ersatzgelände bereitstand!

Nun hieße es, ganz schnell mieten. Angeblich wussten auch die Beekers nicht, wer hinter der anonymen, holländischen Gesellschaft stand und behaupteten, die Stadt habe sich diesen Partner auserkoren.

Da alle Interessenten sahen, dass in der Breite Gasse ein Riesenbau entstand, beschlossen sie, wenn auch zögerlich und nach und nach, dem Umzug zuzustimmen.

Kontingente an Zimmern und Fluren wurden von den Bordellunternehmern gebucht, die Ladenkolonie im Parterre fand Kneipen und Barbetreiber als Mieter und alles schien auf einem guten Weg zu sein. Bis eine kleine Indiskretion durchsickerte und ganz Frankfurt sich plötzlich fragte:

„Was ist da los? Hat unser Bürgermeister Wallmann heimlich die Beekers getroffen und mit denen etwas gemauschelt?“

Wallmann bestritt vehement, diesen Herrschaften je begegnet zu sein. Wörtlich sagte er, „dieser Mann“, ohne zu przisieren, welchem der beiden er nie begegnet sein wollte und ohne den Bruder auch nur zu erwähnen?

Die Bordellbesitzer wurden misstrauisch, und tatsächlich gelang es ihnen, hinter den anonymen Eigentümern der holländischen Gesellschaft den Frankfurter Großinvestor Buchmann auszumachen. Sofort platzte der Deal unter den Jungs aus dem Bahnhofsviertel.

Einem langjährigen Konkurrenten vollständig ausgeliefert zu sein, nein, das wollten sie nicht. Sie stornierten die

Vormietverträge und griffen auch gleich mittels des bekannten Anwalts die neue Sperrgebietsverordnung an und gewannen.

Die Stadt übte Rache! Monatelang trieben Polizei und Ordnungsamt in täglichen Razzien die Jungs und Mädels aus Bars, Bordellen und Spielclubs auf die Straße. Die Beekers bekamen unter irgendeinem Vorwand einen Haftbefehl, der eine flüchtete nach Israel, der zweite ins Krankenhaus, wo er ein neues Herz bekam, damit aber nicht mehr lange lebte. Aber es nutzte nichts.

Fazit: Eine Riesenbauruine in der Breite Gasse, in die dann später ein Herzzentrum einzog, das allerdings auch irgendwann pleite machte. Die Stadt zahlte die vereinbarten 80 Millionen Ausfallbürgschaft, so dass den Erbauern kein wirklicher Schaden entstand. Und im Bahnhofsviertel pulsierte das Leben weiter wie gehabt.

Bleibt die spannende Frage: Sind sich Beeker und Wallmann je persönlich begegnet?

In meinem Film „Maus und Katz" habe ich sie beantwortet. Leider, und das passt natürlich ins Bild, war der örtliche Sender, der Hessische Rundfunk, zu feige, die Story gemäß meiner Recherche zu drehen. Der WDR sprang ein und verlegte das Geschehen ins Rheinland. Mario Adorf spielte den Bürgermeister, Dieter Mann Hersh Beeker, Ulrich Tukur einen Journalisten der FAZ und jede Menge bekannte Dar steller den Rest des tragischen Komödienstadels.

Jackpot

Sie stiegen vierzig Kilometer voneinander entfernt gleichzeitig in ihre Autos: Erwin Heller vor seiner Villa in einem Taunusstädtchen nördlich von Frankfurt, Karl Mund südlich der Stadt vor der Garage seines Anwesens.

Erwin Heller war vierzig Jahre alt, ebenso Karl Mund. Während Karl recht gut aussah, schlank war, mit nachblondierten Locken und künstlich gebräunter Haut, wirkte Erwin Heller älter und solider. Ähnlich einem gestressten Manager, der zu viel arbeitet, unregelmäßig isst und nicht auf seine Gesundheit achtet. Rundlich, blass, mit gelichtetem Haar, weichem, genießerischem Mund über dem energischen Kinn, trug er einen unauffälligen, aber teuren Bleyle Anzug, handgenähte Schuhe, Maßhemden aus Seide und die obligatorische Krawatte.

Karl Munds Garderobe sah zwar teurer aus, doch die schwarze, lederne Bundfaltenhose, das Hemd und die Windjacke von Lacoste und die Tennisschuhe aus Känguru-Leder kosteten nicht mal halb so viel wie Erwin Hellers Anzug.

Die Automarke, in der sich beide der Stadt am Main näherten, war identisch, nicht aber die Modelle. Erwin Heller steuerte eine unauffällige, grau lackierte fünfhunderter Limousine, seinen Geschäftswagen, dessen Anschaffung und Unterhalt durch das Finanzamt vergütet wurden. Auch Karl Munds SLC existierte vom Gemeinwohl, weil er, trotz hoher Einnahmen, keine Steuern zahlte.

Beide verdienten pro Tag etwa fünfzehntausend Mark. Bei Erwin Heller stammten sie, aus den Einnahmen von vierzig Lebensmittelfilialen, bei Karl Mund aus dem Tagesumsatz, zweier gut laufender Bordelle sowie den Erträgen, die zwanzig an Prostituierte vermieteten Wohnungen einbrachten.

Erwin Heller hatte eine, wie in seinen Kreisen üblich, apart aussehende, sportliche Frau, die er sich, wie fast alles in seinem Leben, gekauft hatte, und zwei Kinder, deren Ausbildung er, wie in seinen Kreisen üblich, einem Schweizer Internat übertragen hatte.

Karl Mund hatte es nie nötig gehabt, eine Frau zu kaufen. Im Gegenteil. Er ließ sich bezahlen. Stets umgaben ihn, wie einen Pascha, vier, fünf Frauen gleichzeitig, die darum wetteiferten, mit der höchsten Tageseinnahme ihres horizontalen Gewerbes die Konkurrentinnen auszustechen.

In Hellers Familie trug die Frau den kostbaren, von ihm angeschafften Schmuck, während Karl Mund behängt war wie ein Weihnachtsbaum. Vom Zweikaräter im Ohr bis zur mit Brillanten besetzten Rolex am linken Handgelenk gab es keine Stelle, an der es nicht funkelte. Und wäre es modern, sich die Nase mit Goldringen zu durchbohren, Karl Mund hätte sich dem gewiss unterworfen. Eine Zeit lang hatte er mit dem Gedanken gespielt, sich, wie in der Karibik gesehen, die Schneidezähne mit Diamanten zu verzieren, doch weil es nicht seine echten waren, ließ er es bleiben.

Beide Männer gerieten jetzt in den Vorstadtverkehr. Erwin Heller in Eschersheim, Karl Mund in Isenburg.

Die Ausbildung der beiden Einkommensmillionäre unterschied sich in Art und Dauer. Erwin Heller hatte die Grundschule, das Gymnasium und ein Studium absolviert, dank elterlicher Mittel und mäßigem Erfolg, aber ohne Probleme. Er trug aus dieser Zeit als einzig sichtbare Verletzung noch den Schmiss auf der Wange, den er, auf Wunsch seines Vaters, in demselben Heidelberger Studentenkorps erworben hatte wie dieser.

Demgegenüber waren die Narben an Karl Munds Körper dicht gesät. Die unterschiedlich dicken Handknöchel erinnerten an häufige Faustkämpfe, ebenso das fehlende Originalgebiss. Zudem wies sein Körper einige Messerstich- und Schusswunden auf. Nur sein klassisch schönes Gesichtsprofil war stets verschont geblieben. Es war ebenso wichtig für seinen Lebensunterhalt wie die Grundausbildung durch Erziehungsanstalt, Jugendgefängnis und Zuchthaus. Seine Intelligenz hatte nicht darunter gelitten. Sie half ihm immer wieder, den Kopf aus frisch gelegten Schlingen zu ziehen und dahin zu gelangen, wo er heute war: in einer fast unangreifbaren Position.

Erwin Heller war auf seine Art genauso clever und skrupellos, der Unterschied zwischen dem Zuhälter und dem Lebensmittelkaufmann war auf diesem Gebiet gleich null. Jahre zuvor hatte Heller Schlagzeilen gemacht, als er anlässlich eines kleinen Streiks in einem seiner Läden das gesamte Personal aller vierzig Filialen so lange ausschloss, bis die Leute übereinander herfielen und sich gegenseitig fertig machten. Dann erst ließ er sie wieder an ihre Arbeitsstellen.

Dennoch, oder gerade deswegen, genoss er öffentliches Ansehen. Seine Bonität war hervorragend und sein Name bürgte für jeden Kredit. Kleinigkeiten klärte er mit Scheckbuch und Kreditkarte, wo Karl Mund, misstrauisch beäugt, Bargeld zücken musste. So trug letzterer für spontane Geschäfte und ein schnelles Spielchen stets ein kleines Bares von sechzig bis hundert Riesen mit sich herum.

Gleichzeitig trafen sie vor der Tiefgarage der Bank für Gemeinwirtschaft ein und erhielten von dem Parkwächter eine Box zugeteilt. Heller, weil er prominenter Kunde der Bank war, Mund, weil er stets ein gutes Trinkgeld gab.

Fünf Meter voneinander im Halbdunkel des Parkhauses entstiegen sie ihren Wagen und tauchten für Sekundenbruchteile ihre Blicke ineinander.

Acht Stunden später würden sie sich gegenüber sitzen.

Heller traf in der Bank einen Kaufmann, den er als häufigen Besucher der Spielbank Wiesbaden kannte. Nach einem vertraulichen Geschäftsgespräch fuhr man gemeinsam ins Spielcasino, vertändelte dort einige Stunden und einige tausend Mark, bevor ein anderer Bekannter des Kaufmanns diesem mitteilte, heute gehe im Hinterzimmer des „Las Vegas“ im Frankfurter Bahnhofsviertel eine starke Pokerpartie ab. Minimum fünfzig Mille pro Platz.

Heller, zwar skeptisch was den Ort des Spiels anging, aber nicht minder angereizt wie sein Kollege, folgte der Einladung. So saß er kurz nach dreiundzwanzig Uhr am runden, filzbespannten Tisch und nahm die Karten entgegen, nachdem er zuvor bei dem ihm persönlich bekannten Kassierer der Spielbank auf einen Scheck fünfzigtausend Mark erhalten hatte.

Für Karl Mund war die Partie obligatorisch. Den Spätnachmittag hatte er damit verbracht, verschiedene Bekannte aufzusuchen, vom Bediener seines Puffs die eingesammelte Miete der Nachtschicht zu kassieren und zu Abend zu speisen Fünf Minuten vor dem Eintreffen Hellers betrat er das

Spielzimmer und nahm den für ihn freigehaltenen Platz ein.

Um vier in der Früh befand sich Erwin Heller nahe der psychischen und physischen Erschöpfung. Er hatte seine fünfzig Mille bereits vor Stunden verzockt, und seine Gegenspieler, hauptsächlich dieser blond gelockte Zuhälter, waren im Besitz hochdotierter Schuldscheine. Sein Begleiter war gegen ein Uhr, nachdem er sein Geld verloren hatte gegangen, nicht ohne vorher alle Mitspieler auf die Bonität Hellers hingewiesen zu haben. Heller wusste, dass er diesen Raum nicht eher verlassen würde, bis am Morgen ein von ihm geschickter Bote die geschuldeten Beträge beibrachte. Er wagte nicht, sich auszudenken, was mit ihm geschähe, sollte er die Summe nicht beschaffen können.

Um sieben schuldete er achtzigtausend Mark, und selbst kulante Mitspieler weigerten sich mit dem Hinweis, nicht gegen ihr eigenes Geld spielen zu wollen, weitere Schuldscheine anzunehmen. Karl Mund folgte schweigend dem kurzen Disput, blätterte seinen Gewinn durch und kaufte alle Verpflichtungen Hellers auf.

„Spielen wir alleine weiter?“, bot er an.

„Natürlich“, nickte Heller heftig. Karl Mund stoppte mit einer Handbewegung den Kartengeber, der wieder verteilen wollte.

„Rufen Sie jemanden an, er soll das Geld herbringen. Hunderttausend, dann leih‘ ich Ihnen die weiteren zwanzig.“

„Genügt es nicht, wenn wir um neun auf die Bank gehen?“

„Nein“, schüttelte Mund den Kopf. „Das Geld muss her.“ Die Schuldscheine verlassen diesen Ort nicht, ohne eingelöst zu sein. Also rufen Sie schon an!“ Seine Stimme klang jetzt deutlich fordernder. Erwin Heller schwitzte. Nicht der Gedanke an den Verlust, sondern der, dass nur seine Frau berechtigt war, derartige Summen abzuheben, beschäftigte ihn. Sie kannte zwar seine Spielleidenschaft, aber größere Verluste hatte er ihr stets verheimlicht. Er ließ sich das Telefon bringen. Es war halb acht, als seine Frau sich meldete.

„Heller?“ Sie schien tief geschlafen zu haben und Erwin Heller ärgerte sich darüber.

„Renate? Ich bin‘s. Hör mir jetzt genau zu. Bitte, steh gleich auf und fahre, sobald sie aufmacht, zur Bank, sprich mit dem

Filialleiter, hebe hunderttausend Mark ab und bring sie mir sofort hierher."

„Erwin?", rief sie beunruhigt. „Ist etwas passiert? Wurdest du entführt?"

„Nein, Liebling, es ist nichts. Nur, ich brauche dringend hunderttausend Mark in bar."

„Dann geh doch selbst. Auf meinem Konto ist nicht so viel, und fürs Geschäftskonto bräucht' ich zusätzlich deine Unterschrift."

Das hatte Erwin Heller nicht bedacht. „Ich kann nicht. Renate, glaub mir doch! Ich werde um halb neun die Bank anrufen, dass du berechtigt bist, den Betrag abzuheben, ja?"

„Erwin, was ist los? Warum erledigst du das nicht selbst?"

Erwin Heller sah sich um, fühlte sich unbehaglich und schämte sich vor den Männern. So sagte er lauter und härter als nötig: „Ich kann's dir nicht erklären. Renate, du musst es hierher bringen!"

Er gab ihr die Adresse. „Wo ist das?", fragte sie.

„Im Bahnhofsviertel."

„Also ist doch etwas geschehen?"

„Nein", entschied er sich für die Wahrheit.

„Ich habe verloren. Im Kartenspiel. Jetzt weißt du es, und ich muss das Geld haben. Bitte, beeile dich!"

„Erwin! Hunderttausend Mark verloren?" Ihre Stimme klang schrill.

„Renate, jetzt ist keine Zeit für Diskussionen. Hol's ab und bring's her", brüllte er in den Apparat. Sie atmete tief ein und aus. „Gut, ich komme. Aber darüber sprechen wir noch."

Erleichtert legte Erwin Heller den Hörer auf, sah sich mit verlegenem, um Verzeihung bittenden Lächeln um. „Das Geld kommt. Muss nur um halb neun die Bank anrufen, damit sie's ihr auch geben. Ich halte meine Frau nämlich an der kurzen Leine", glaubte er hinzusetzen zu müssen.

„Spielen wir weiter?" fragte er Karl Mund.

„Gleich", erwiderte dieser, erhob sich, trat an eines der Fenster und riss den Vorhang auf.

Helles Tageslicht drang ein und ließ die übernächtigten Zockervisagen karikaturenhaft und blass aussehen. Karl Mund tankte mehrmals tief Luft in seine Lungen, bevor er

Fenster und Vorhang wieder schloss. Er orderte Kaffee und gab dem Verteiler das Zeichen.

Die Karten flitzten über den Filz. Das Spiel lief ausgeglichen. Mal gewann Heller ein paar Tausender, mal Mund.

Um halb neun instruierte Heller telefonisch den Bankfilialleiter, der versprach, seinem Wunsch nachzukommen.

„In welchem Auto kommt Ihre Frau?“, fragte Karl Mund.

„Mit einem weißen Porsche“ Mund winkte dem Faktotum, der für Kaffee und Verpflegung zuständig war, flüsterte kurz mit dem Clubbesitzer und wies den Alten an. „Geh auf die Straße, sonst findet die Dame den Weg nicht hierher. Sie kann auf dem Hof parken.“

Trotz des Geräusches, das der Porsche bei der Einfahrt in den Hof machte, war der Eintritt der großen, blonden Frau fast unbemerkt geblieben.

Alle Anwesenden starrten auf die Spieler, die sich, die Karten in der Hand verborgen, in die Augen sahen. Auf dem Tisch lagen bereits mehr als die mit Kredit zugesagten 20.000, und doch war das Ausreizen der Karten erst am Anfang. Jeder war sicher, ein unschlagbares Blatt in der Hand zu haben.

Da trat Renate Heller ein. Nur schwer lösten sich die Blicke der Anwesenden von den Vorgängen am Tisch. Als letzter blickte Karl Mund auf. Seine Augen verengten sich.

„Klasse Frau“, dachte er.

„Viel zu schade für den schlappen Sack.“

Ihr schulterlanges Haar fiel glatt herab, war in der Gesichtsmitte zu einem spitz zulaufenden Pony geschnitten. Große, blaue Augen, eine kurze, gerade Nase und ein sinnlicher, breiter Mund, der jetzt missmutig verzogen war, lagen über dem runden, festen Kinn. Ihr Hals war lang und schlank. Ihre helle Bluse verbarg nichts, ließ die dunklen, spitzen Nippel ebenso erkennen wie die gut geformte Brust. Ein Krokogürtel umspannte die schlanke Taille, auch die hautenge, hellbraune Hose gab keine Rätsel auf.

Sie schloss die Tür, trat näher und sagte mit einer Stimme, die ahnen ließ, dass das, was sie tat, ihr gegen den Strich ging: „Hier hast du´s!“ Sie warf den prallen Umschlag so heftig auf den Tisch, dass er platzte und einige Fünfhunderter und Tausendmarkscheine auf den grünen Filz glitten.

„Danke", sagte Heller kurz und schob den Umschlag rüber zu seinem Kontrahenten. Der legte seine Karten vorsichtig mit den Bildern nach unten auf den Tisch, zog das Geldbündel zu sich, zählte es durch, schob Heller die Schuldscheine zu und entnahm auch dem in der Mitte liegenden Pott die handschriftlichen Zettel und ersetzte sie durch Bargeld.

„Sie spielen nicht?", fragte Mund die Frau und schaute sie mit spöttischem Lächeln dabei an.

„Ich kann mir einen besseren Zeitvertreib vorstellen", erwiderte sie spitz.

Karl Mund grinste. „Ich mir auch", sagte er anzüglich. Ihm entging das kurze Aufzucken der Iris nicht, bevor ihr Blick wieder gleichgültig wurde.

„Es ist die letzte Partie, bleiben Sie doch", sagte Karl Mund, als sie sich der Tür zuwandte. „Vielleicht gewinnt er alles zurück, oder Sie müssen nochmals tätig werden."

„Nein", sagte sie kalt und klar. „Ich werde keinen Pfennig mehr holen!"

Dennoch blieb sie, beobachtete schweigend das Spiel und die Spieler.

„Los, weiter, weiter", drängte Erwin Heller und wandte sich an seine Frau. „Es ist wirklich die letzte Partie. Wir gehen danach."

Er hob seine Karten an. Misstrauisch blickte er hinter sich, ob ihn auch niemand beobachtete, führte die Karten dicht vor sein Gesicht und fächerte sie langsam auf, um sich erneut davon zu überzeugen, dass er das Blatt hatte, das er bereits seit zehn Minuten kannte: vier Damen. Weil er beim Kaufen einen König und ein As weggeworfen hatte, hielt er den bestmöglichen Vierer in der Hand, den es in dieser Runde gab.

„Nun was ist?", forderte er Karl Mund auf. „Machen Sie zu, oder setzen Sie nach?"

Mund ließ die Karten auf dem Tisch und fixierte sein Gegenüber. „Nachsetzen?", fragte er ihn. „Sie haben zwar alles bezahlt, doch jetzt liegt der Rest Ihres Geldes bereits im Topf. Wenn ich erhöhe, müssten Sie den Betrag auch bringen, doch Sie haben nichts mehr."

Heller verschluckte sich. Sein Gegenüber hatte zwar Recht, aber er ärgerte sich, vor allem jetzt, wo er eine kaum zu überbietende Siegeskarte hatte.

„Das ist ein ganz übler Trick, mit dem Sie mich rauswerfen wollen, ich habe doch Kredit, habe doch bisher alles bezahlt!"

Karl Mund lacht gewinnend aber wiegt den Kopf. „Aber Ihre Frau hat gesagt, sie holt nichts mehr. Und es zählt nur das, was cash gebracht wird". Damit griff er in sein Geldbündel, zählte es durch, warf achtzigtausend in die Tischmitte und sagte: „Ich gebe Ihnen Gelegenheit, Ihre hundert Mille zurückzugewinnen. Doch jetzt fehlen Sie mit achtzig."

Erwin Heller kochte vor Wut. „Sie spüren, dass ich ein bombiges Blatt habe. Sie wollen mich betrügen. Ich werde die Polizei rufen!"

Er hatte noch nicht ganz ausgesprochen, da veränderten die Anwesenden bedrohlich ihre Mienen. Selbst seine Frau schüttelte den Kopf über so viel Dummheit. Sofort wiegelte er ab.

„So habe ich's nicht gemeint. Natürlich hole ich keine Polizei, aber ich lasse mich nicht verladen. Ich habe eine Riesenkarte und Sie wollen mich durch Ihre Regeln aufs Kreuz legen."

„Die Regeln sind auf der ganzen Welt gleich", unterbrach Mund. „Wer kein Geld mehr hat, kann nicht mehr spielen. Bringen Sie nun die achtzig oder geben Sie auf?"

„Niemals", schrie Heller. „Ich bin besser als Sie. Renate!" Er drehte sich bittend zu seiner Frau. „Geh' zur BFG und hol die achtzigtausend. Bitte! Ich kann mit diesem Blatt nicht verlieren"

„Nein", sagte sie hart, „ich hab's dir gesagt. Einmal und nie wieder. Brich ab, lass das Geld sausen."

„Es ist mein Geld", schrie er sie an. „Alles mein Geld, und du hast zu tun, was ich dir sage. Du bist meine Frau!"

Blut stieg ihm in den Kopf und färbte sein Gesicht in eine überreife Tomate. Alle Blicke waren durch den dichten Zigarettenqualm auf die Frau gerichtet. Sie wurde blass. Ihre Augen zogen sich zusammen. Dann fasste sie sich und erwiderte: „Es mag sein, dass es dein Geld oder das deiner Firma oder das deiner Eltern ist und du kannst dir alles damit kaufen, nur nicht meinen Weg zur Bank!"

Ihre Lippen vibrierten und in den Augen erschienen kleine Tränen der Wut.

Karl Mund betrachtete die Szene. Ihm imponierte diese Frau. Ruhig sprach sie weiter: „Ich sage es dir noch einmal. Lass das verfluchte Geld sausen und komm mit.“ Erwin Heller tat, als habe er nicht gehört, sondern wandte sich an Mund: „Nehmen Sie einen Scheck? Ich selbst gehe, sollte ich wirklich verlieren, anschließend mit Ihnen zur Bank.“

Mund schüttelte den Kopf. „Sie kennen doch das BGB? Spielschulden sind nicht einklagbar. Wenn Sie mir vor der Türe sagen, Sie zahlen nicht, kostet mich das achtzig Mille und noch ein paar Tausender, um Sie anschließend verprügeln zu lassen. Nein. Ihre Frau hat Recht. Werfen Sie das Blatt hin, nehmen Sie sie mit und geh‘n Sie!“

„Nein!“, geiferte Heller, der sich in der letzten halben Stunde total verändert hatte. Seine Augen quollen hervor und standen vor seinem Gesicht wie bei einem Frosch, das Haar lag schweißnass am Kopf, und da, wo seine Hände den Filztisch berührten, bildeten sich feuchte Flecke. Er atmete heftig und seine Kinnlade ging auf und ab, bevor er das nächste Wort herausbrachte. Seine Stimme zitterte: „Ich habe das bessere Blatt. Sie müssen mir die Chance geben. Sie müssen!“

„Ich muss gar nichts“, stellte Mund fest, „aber ich mache Ihnen einen Vorschlag.“

Sofort wurde es still. Selbst Hände auf dem Weg zum Aschenbecher hielten inne, als hätten sie Angst, das Abstreifen der Asche verhindere, dass sie Munds Worte verstünden.

„Was für einen Vorschlag?“ fragte Erwin Heller.

„Sie geben mir ein Pfand!“

„Ein Pfand? Welches Pfand! Ich habe keine Wertgegenstände in dieser Höhe dabei.“

„Sicher?“ Karl Mund runzelte die Stirn.

„Da bin ich anderer Meinung“. Er deutete mit dem Kopf auf Hellers Frau. „Sie unterschätzen den Wert Ihrer Gattin. Wenn Sie verlieren, gehört die Frau bis morgen mir. Dann können Sie sie, wenn sie Ihnen achtzig Mille wert ist, einlösen. Morgen, nicht heute!“

Die Anwesenden, die Karl Mund kannten, waren mehr als erstaunt. Nie im Leben hatte dieser Mann Geld für eine Frau ausgegeben, sondern immer nur genommen. Der Frau schoss die Röte ins Gesicht und sie brauste auf.

„Du nimmst diesen Vorschlag doch nicht etwa ernst?", fragte sie ihren Mann. „Abgesehen davon, habe ich ja wohl auch noch ein Wörtchen mitzureden!"

Ihr Mann, dessen Augen bis dahin Karl Mund fixiert hatte, sah nun seine Frau an, ächzte und atmete schwerfällig. Von seiner Nasenspitze fielen in schneller Folge Schweißtropfen auf seine Hose, so dass es fast so aussah, als könne er sein Wasser nicht mehr halten. Dann winkte er seine Frau zu sich.

„Renate, komm her, bitte! Sieh dir dieses Blatt an, bitte. Na komm doch schon! Sieh, ich kann gar nicht verlieren. Komm nur, schau's dir an!" Er wurde wütend und lauter, weil sie sich nicht bewegte.

„Erwin, du erwägst das doch nicht im Ernst?" Ruhig trat sie jetzt an den Tisch, stützte sich mit beiden Händen darauf ab und brachte ihr Gesicht über die Tischplatte in die Nähe ihres Mannes. „Es geht nicht um todsichere Blätter, um gewinnen oder verlieren, sondern darum, dass du deine Frau weder verpfänden noch verspielen kannst wie einen Chip. Ich bin kein Jackpot. Ist dir das klar?"

Erwin Heller sah auf den Tisch, wich ihrem Blick aus und sagte leise, ja er zischte: „Renate, so begreif doch! Ich will, ich muss es diesem arroganten Arschloch zeigen, und du musst mir dabei helfen. Mir geht's nicht ums Geld. Ich schenke es dir. Alles, was ich gewinne, schenke ich dir. Ich will ihn bloß schlagen. Nur das! Verstehst du?"

Sie starrte ihn eine Minute lang unverwandt an, doch er hielt die Augen gesenkt und wiederholte immer nur den letzten Satz: „ICH MUSS IHN SCHLAGEN!"

Renate Heller sah auf einmal sehr erschöpft aus. Sie trat vom Tisch zurück, sah einzeln in die Gesichter aller Umstehenden, zuletzt in das von Karl Mund, der ihren Blick ruhig erwiderte. Dann sagte sie mit kaum hörbarer Stimme: „Mach, was du willst!"

Erwin Heller verstand den drohenden Unterton nicht. „Also gut", wandte er sich an Karl Mund. „Es gilt! Meine Frau bleibt bei Ihnen, bis ich die Achtzigtausend gebracht habe, wenn ich sie verlieren sollte!"

Mund schüttelte den Kopf. „Morgen, nicht vor morgen, sollten Sie verlieren", sagte er sanft, doch er klang entschlossen.

„Also gut, morgen“, stimmte Heller zu, kritzelte mit fahriger Hand einen weiteren Schuldschein, warf ihn auf die Tischmitte und rief: „Hiermit bringe ich den Betrag. Los, decken Sie auf!!!“ Er warf sein Blatt auf den Rücken. „Vier Damen!!“, sagte er mit triumphaler Stimme.

Ganz so, als gehe ihn das alles nichts an, deckte nun auch Karl Mund seine Karten auf. Sie lagen übereinander. Zu erkennen war zunächst nur die Kreuz Sieben.

Fahrig griff Erwin Heller danach und scharrte sie auseinander. Seine Hand wurde zögernder und zögernder. Kreuz Sieben, Kreuz Acht, Kreuz Neun, Kreuz Zehn, Kreuz Bube. Ein Straight Flash.

Als könne er es nicht glauben, wischte Heller nochmals und nochmals mit der Hand darüber, als könne er die Spielfarbe einer Karte in eine andere verwandeln. Dann, als er begriff, entwich die Luft aus ihm wie aus einem Ballon. Er fasste sich ans Herz, stand auf und schleppte sich ans Fenster, riss es auf und atmete tief ein.

Eine Minute lang herrschte Stille.

Dann wankte Heller mit unsicheren Schritten zur Tür und sagte: „Sie haben meinen Schuldschein. Kommen Sie nachher in mein Büro und holen Sie sich das Geld ab. Renate, Du kommst mit! Niemand kann dich zwingen hier zu bleiben!“ Er machte die Tür auf. „Na, komm schon, worauf wartest du noch?“

Seine Frau stand zwischen Tisch und Tür. Sie schaute ihn an und drehte dann ihren Kopf zu Karl Mund, der sie schweigend ansah.

„Los, komm!“ befahl Erwin Heller aggressiv und war schon halb aus der Tür.

„Nein!“ sagte sie bestimmt und schüttelte den Kopf.

Lisa

Titel: PsychoSex

Es war schon spät und eigentlich wollten mein Freund Herbie und ich nur noch schnell einen Absacker trinken, als wir eine Kneipe betraten, deren Außenreklame noch leuchtete. Ich kannte das Lokal nicht. Wir standen noch in der Tür, da verkündete die Wirtin den Feierabend. Ich versuchte es trotzdem.

„Noch zwei schnelle Bierchen?“

„Nichts gibt‘s mehr.“ Unfreundlicher hätte ihre Stimme nicht klingen können. Und ich wollte eben genauso bissig antworten, als ich das Mädchen erblickte.

Sie stand links von uns, dort, wo die Theke einen Knick macht und in der Wand verschwindet. Sie war groß, hatte ein fein geschnittenes Gesicht unter blondem, kurzem Haar und trug einen todschicken Fuchsmantel, der bis zu den Füßen reichte. Mit der rechten Hand drückte sie ein leeres Schnapsglas gegen die Lippen und kaute gedankenverloren darauf herum, während sie uns musterte.

Jetzt erst fiel mir auf, alle Gäste waren Frauen, wir waren in einem Sub gelandet, einer Lesben-Kneipe. Das erklärte den unhöflichen Ton der fetten Wirtin, anscheinend hatte sie keinen Vertrag mit Männern.

„Na dann eben nicht“, rief ich ebenso unfreundlich, drehte mich um und schob Herbie vor mir her zum Ausgang. Ich schaute noch einmal kurz zu der Frau im Pelz und blieb wie angewurzelt stehen. Ein lasziver Blick traf und bannte mich auf der Stelle. Nie zuvor hatte ich eine derart starke erotische Ausstrahlung von einer fremden Frau gespürt. Ihre scheinbar offenkundige Gier erschien mir so greifbar, dass ich meinte, ich könnte sie berühren und riechen. Dann senkte die Frau den Blick, der Kontakt brach ab und ich folgte Herbie nach draußen. Herbie kann man mit gutem Gewissen einen Schürzenjäger nennen. Er ist groß, blond und attraktiv genug, um auf Frauen sofort großen Eindruck zu machen. Außerdem hat er einen Trieb wie ein Pavian-Männchen, ein alle-zehn-Minuten-Stecher. Wir beide saßen schon im Auto, als uns ein Ruf einholte:

„Warten Sie einen Moment, bitte!“ Er kam von der Frau im Fuchsmantel, die mit unsicheren Schritten, als wäre sie betrunken, zur Fahrerseite kam, wo ich die Tür wieder öffnete. Als sie so auf mich zu stolperte, kam mir eine schwache unheilvolle Erinnerung, ohne dass ich sie genau einordnen konnte. Irgendwo, irgendwann hatte ich diese Frau schon einmal gesehen. Mehr als das, irgendwann hatte ich schon einmal mit ihr zu tun. Zwar nicht mit ihr geschlafen, da war ich mir sicher, aber irgendetwas war da gewesen. Ich zermarterte mein Gehirn, bis sie heran getrippelt war und vor uns stand.

„Du bist doch der Marcel“, sagte sie, „hab ich recht?“ Sie hielt sich am Türrahmen fest, beugte sich nieder und hauchte mir voll ihre Alkoholfahne in Gesicht. Richtig, sie war früher Stammgast in meiner Sachsenhäuser Kneipe gewesen, aber ihr Name fiel mir nicht mehr ein.

„Stimmt, ich bin Marcel. Und du?“

„Kennst du mich nicht mehr? Lisa!“ Richtig, Lisa hieß sie, und nun kamen mir auch andere Erinnerungen. Herbie, der schnelle und leichte Beute gewittert hatte, beugte sich von der Beifahrerseite herüber und sprach sie an.

„Hallo Lisa, ich bin der Herbie, wo willst‘n hin?“

„Ihr sucht doch auch ‚ne Kneipe, die noch offenist, stimmt‘s?“

„Eigentlich wollten wir heim!”, sagte ich mit Bestimmtheit und versuchte, Herbie daran zu hindern, die Frau einzuladen, denn immer deutlichere Erinnerungen kamen mir nun. In dem Moment trat die dicke Wirtin vor das Lokal und blickte mit grimmiger Miene zu uns herüber. Lisa duckte sich, obwohl sie längst gesehen worden war, öffnete die hintere Tür und schlüpfte in den Wagen. „Schnell weg, bevor sie rüberkommt.“

Ich drehte mich zu ihr um. „Was soll das? Alle Kneipen sind zu. Wir wollen nach Hause.“

Die dicke Wirtin kam immer näher. „Los, fahr schon!“, drängte Lisa. „Die alte Kuh macht sonst Stunk. Ich fahr mit zu euch, wenn Ihr noch was zu trinken habt.“ Herbie stieß bereits seinen Ellenbogen in meine Seite; er wähnte sich der Beute sicher, wollte nicht, dass sie es sich noch anders überlegte und wieder ausstieg. Fast hätte er noch den Gang eingelegt. Also fuhr ich los, war aber keineswegs begeistert.

„Das Glück, zu später Stunde noch eine Frau aufzureißen, trifft denjenigen, der es nicht geplant hat“, dachte ich. Mir schwante, dass eine Frau wie Lisa sich eigentlich nicht so leicht aufdrängte, so besoffen sie auch sein mochte. Zudem kriegten meine Erinnerung, ihre Besuche in meiner Kneipe betreffend, von Minute zu Minute deutlichere Konturen. Edelzwicker hatte sie immer getrunken, Glas für Glas, so fünf Flaschen am Abend, stets auf Kosten männlicher Gäste. Und dann hatte sie Stunk gemacht, wenn die Männer glaubten, sie wäre abgefüllt genug, um sie abzuschleppen. Oder sie verschwand ganz plötzlich. Mehrmals hatte sie mich gebeten, ihr den Durchgang hinter der Theke zum rückwärtigen Ausgang zu gestatten. Einmal fand ich sie nach Feierabend schlafend auf der Damentoilette. Ich wurde immer sicherer, dass mein Freund sich mit der „leichten Beute“ geirrt hatte. Während wir fuhren, sah sich Lisa fortwährend um.

„Die Dicke folgt uns nicht“, sagte ich.

„ Warum hast du solche Angst vor ihr?“

„Nicht vor ihr, vor den Koreanern!“

„Den Koreanern?“ fragte ich verblüfft.

„Die Koreaner!“, sagte sie. „Die beschatten mich schon seit Wochen, aber auch der deutsche Geheimdienst!“

Herbie und ich wechselten einen Blick, uns fiel die Kinnlade runter. Herbie versuchte es mit einem Joke. „Das macht nichts, uns sucht bloß die Kripo. Wenn du bei uns bleibst, kann der Geheimdienst ja so lange Pause machen.“

„Meinst du?“, kam es voller Ernst von der Rückbank. Inzwischen hatten wir die Stadt verlassen.

„Das ist aber weit draußen“, beschwerte sie sich.

„Wer fährt mich denn nachher zurück?“

„Ich nicht!“, sagte ich schnell und sah endlich eine Lösung des Problems.

„Aber Herbie hat sein Auto hier stehen, er fährt nachher wieder in die Stadt. Er nimmt dich mit.“

Wir stiegen aus und gingen hoch in meine Wohnung. Ich machte es mir gleich bequem, zog Schuhe, Jacke, Hemd und Socken aus, um zu demonstrieren, dass ich auf keinen

Fall mehr vorhatte, die Wohnung zu verlassen, egal, wer heimgefahren werden wollte oder nicht. Ich legte mich aufs Bett, schaltete die Musik an und harrte der Dinge, die da kommen würden.

Lisa setzte sich, trotz Heizung voll bekleidet, auf die Bettkante. Sie umklammerte ihre große Tasche, schaute aus dem Fester auf das gegenüberliegende Hochhaus. Plötzlich sprang sie auf und deutete auf ein beleuchtetes Fenster.

„Da, da, da, wer wohnt da?“, fragte sie aufgeregt, drehte sich um, schrie „Licht aus“, stürzte zum Schalter und besorgte es selbst.

„Was ist los?“, fragte ich erstaunt.

„Wer wohnt da?“

„Keine Ahnung, welches meinst du? Da gibt‘s hundert Fenster.“ Sie zog mich vom Bett hoch und führte mich hinter den Vorhang.

„Dort, siehst du, wo eben das Licht ausgegangen ist?“

Sie presste meinen Arm so fest, dass sich das Blut staute. Ich spürte ihre enorme Kraft und riss meinen Arm los.

„Hast du es gesehen? Das sind Schlitzaugen!“

Ich schaute ins Dunkle, aber da war nichts.

„Du spinnst!“, sagte ich. Herbie erschien mit dem, was an Getränken in der Küche aufzutreiben war, eine halbe Flasche Blanc de Blancs, zwei Büchsen Bier, eine halbe Flasche Cognac, eine Cola, ein Rest Jamaika-Rum und eine volle Flasche Fernet Branca.

„Was willst du trinken?“, fragte er Lisa. Seine Augen klebten an ihr, sicher hatte er schon einen Ständer, in Kürze würde der Angriff erfolgen. Vorher wollte er noch etwas trinken. Ich nahm mir ein Bier, Herbie das andere. Lisa griff nach der Weinflasche, setzte sie an den Mund und trank sie in einem Zug leer. „Ihr habt nicht zufällig ein Piece Shit, Jungs?“

Ich bedauerte. „Vielleicht ist noch ein Krümel in der Pfeife.“Ich reichte sie ihr. Sie ging damit in den Flur, um besser sehen zu können, kratzte dann mit einem Streichholz den Teer im Pfeifenkopf zusammen, krümelte aus der Zigarette etwas Tabak hinein, zündete es an und inhalierte alles mit einem Zug. „Scheiße, das war nichts mehr, bringt nichts, habt ihr wenigstens ein großes Glas?“

Herbie flitzte, brachte einen Maßkrug herbei. Sie nahm meine angetrunkene Bierbüchse, leerte sie ins Glas, gab Cognac dazu, dann Rum und schließlich eine halbe Flasche Fernet Branca, schwenkte das Ganze, setzte an und soff es aus. Herbie fielen die Augen aus dem Kopf. Er stand hinter ihr, bereit, sie aufzufangen, falls sie umfiele. Lisa fiel nicht, setzte sich stattdessen wieder auf die Bettkante und verlangte: „Du fährst mich jetzt zurück." Sie deutete mit dem Finger auf mich. Dann wies sie auf Herbie.

„Mit dem fahr ich nicht, der hat so geile Augen, ich bin schon zu oft vergewaltigt worden!"

Herbie schluckte. So etwas hatte ihm noch keine Frau gesagt.

„Nein", sagte ich, „entweder du fährst mit Herbie oder du gehst zu Fuß, ich fahre nicht mehr."

Lisa nickte verständnisvoll. „Gut, dann bleib ich hier. Aber schick den Typen weg."

„Hör zu", sagte ich, „das ist mein Freund und wenn hier jemand weggeschickt wird, dann bist du das. Du hast wohl nicht mehr alle Tassen im Schrank, wie?"

Herbie spürte wohl, dass er sich verkalkuliert hatte und wollte nun selbst weg.

„Ich hau ab", sagte er und erhob sich. „Viel Glück!" Und schon war er durch die Tür verschwunden.

„Halt", rief ich hinterher, „nimm sie um Gottes Willen mit, ich will sie hier nicht haben!"

„Mit dem fahr ich nicht!", schrie Lisa hysterisch.

„Ich bleibe!"

Die Wohnungstür fiel zu, weg war mein Freund. Lisa ging zum Fenster, schob den Vorhang beiseite, öffnete es und spähte hinaus. Es war empfindlich kalt. Ich stand auf, zog sie sanft vom Fenster weg und schloss es wieder. Kaum hatte ich mich wieder hingelegt, öffnete sie es erneut. Ich machte es zu, sie öffnete es wieder.

„Wenn du jetzt das Fenster noch einmal aufmachst, werfe ich dich raus!", drohte ich. Sie schaute mich an, nicht im Geringsten eingeschüchtert. „Mir ist heiß!", sagte sie.

„Dann zieh das Gelump aus, wir sind hier in einer Wohnung mit Heizung. Aber noch besser wäre es, wenn du verschwändest." Ich gab ihr einen Zwanziger. „Fahr mit dem Taxi, ich ruf dir eins", sagte ich und griff zum Telefon. Blitzschnell war sie bei mir, drückte die Gabel nieder.

„Nein, ich fahr mit keinem Taxi, ich bin schon ein paar Mal von Taxifahrern vergewaltigt worden, nein, mit dem Taxi fahr ich nicht!"

Ich schaute sie an. „Du redest dauernd von Vergewaltigung, sicher wartest du regelrecht darauf? Mit mir läuft jedenfalls nichts! Entweder gehst du jetzt oder legst dich hin und pennst und ... das Fenster bleibt zu!"

Sie stand in der Zimmertür, so als wollte sie gehen, im Mantel, die Tasche in der Hand, doch sie ging zur Küche. Ich hörte sie in Schubladen kramen, dann erschien sie wieder, mein großes Fleischermesser in der Hand. Ich erschrak.

„Was willst du damit?"

„Mich verteidigen!"

„Dich verteidigen? Gegen wen? Hier bei mir musst du dich gegen niemand verteidigen. Leg das Messer weg und leg dich aufs Sofa. Oder mach, was du willst, ich will jetzt schlafen!"

Ich löschte das Licht. Sie schaltete es wieder an, ging zur Ecke, legte das Messer auf den Fernseher, die Tasche auf den Boden und begann, sich langsam auszuziehen, ohne den Blickkontakt mit mir zu unterbrechen. Ihre Augen waren groß und dunkel, ihr streichholzkurzes Haar lag verschwitzt auf der Stirn und sah aus wie angeklebt. Unter dem Pelzmantel, den sie sorgfältig auf den Teppichboden legte, trug sie noch einen zweiten Pelz, eine Art Weste, ohne Ärmel, Futter nach außen, ein teurer Black-Glama-Nerz. Dann folgten der dicke Pullover, das Shirt, der Büstenhalter, die Cordhose, die Socken, die Schuhe und der Schlüpfer. Sie war schlank, hatte eine gute Figur. Ihre Brüste waren fest mit großen, hellroten Vorhöfen und kurzen dicken Nippeln. Unter ihrem flachen Bauch zog sich blonder Flaum bis an ihre rosafleischige Muschi, aus der die kleinen Schamlippen vorwitzig herausschauten. Provozierend bewegte sie ihre Beine hin und her und drehte sich um, bückte sich. Dort, wo die Beine aufhörten, war ausreichend Platz für ihre dicke Muschi. Der Anblick wurde direkt zu meinen Schwanz weitergeleitet. Sie drehte sich wieder um und lachte spöttisch. Sie war sich ihrer

Laszivität bewusst. Blitzschnell hielt sie nun ihre Hände vor die Scham, als bemerkte sie jetzt erst, dass sie nackt war und ich sie betrachtete. Dann hob sie ihre Sachen vom Boden auf, legte sich neben mich aufs Bett und deckte sich mit ihren Kleidungsstücken in der Reihenfolge zu, wie sie sie ausgezogen hatte.

Als Letztes legte sie den Pelzmantel über sich, sah aus wie ein aufgebahrter Wikinger-Fürst bei seiner Totenfeier.

„Und was soll das?“, fragte ich, als sie auch noch ihr Gesicht mit dem Kissen bedeckte.

„So sieht mich keiner, weder Freund noch Feind.“

Ich löschte das Licht, kroch neben sie und überlegte. Wollte sie nun oder wollte sie nicht? War sie verrückt? Oder gehörte das zu ihrem Spiel? Ich rutschte näher und schob meine Hand unter ihren Mantel. Als ich die Haut berührte, zuckte sie zusammen, war mit einem Satz aus dem Bett und stellte sich mit dem Rücken an die Wand, das Messer zum Abwehrkampf bereit. Ich knipste das Licht an. Sie tat mir leid. Mit schwarz geränderten Augen stand sie da, wie ein in die Enge getriebenes Tier.

„Gib das Messer her! Ich lass dich in Ruhe, aber gib mir bitte das Messer!“

Sie schüttelte den Kopf, blieb stehen. Fünf Minuten, zehn. Ich war es leid, ging zur Küche, holte sämtliche als Waffe in Frage kommenden Utensilien, packte sie in eine Plastiktüte, öffnete die Wohnungstür, stellte alles in den Hausflur, schloss ab und versteckte den Schlüssel, meine Papiere und mein Geld in dem Hohlraum unter der Badewanne und überlegte, wie ich ihr das Messer entwinden könnte.

Ich legte mich wieder aufs Bett, belauerte sie, wie sie da stand, abwehrbereit. Darüber schlief ich ein.

Ein angenehmes Gefühl weckte mich. Sie kniete neben meiner Bettseite, hatte ihren Kopf auf meinem nackten Schoß, meinen Schwanz im Mund und bewegte sich langsam und zärtlich, als wollte sie mich nicht aufwecken. Ich tat, als ob ich weiter schliefe. Das war nicht leicht, denn ihr kunstvolles Saugen und Lutschen entlockten mir ein wohliges Stöhnen. Als es mir kam, holte sie tief Luft und nahm alles in sich auf. Jetzt „erwachte“ ich und wollte sie liebkosen. Erschrocken erschien ihre rechte Hand mit dem Messer über mir. Wollte sie mich kastrieren? Ich hielt ihre Hand fest, doch die Klinge streifte meinen Arm, ein Schnitt, Blut. Es wurde ein verbissener Kampf. Ich gewann, nahm ihr das Messer weg und warf es aus dem Fenster. Dann holte ich ein großes Pflaster aus dem Bad, klebte es über die Wunde und ging wieder ins Bett.

Jetzt lag sie stumm und bewegungslos auf dem Boden, den Kopf auf die Arme gelegt. Nach fünf Minuten hob sie das Gesicht, sah die Schnapsflaschen, ergriff die halbvolle mit dem Fernet Branca und trank sie mit einem Zug leer. Mir drehte sich fast der Magen um. Lisa rülpste und legte den Kopf wieder auf die Arme. Ich versuchte zu schlafen, doch es wurde nur ein Dämmern. Plötzlich bekam ich wieder Angst. Mir fiel ein, dass ich die Rasierklingen im Bad vergessen hatte, den Hammer in der Dielenschublade und dass man einen Menschen im Schlaf auch leicht erwürgen kann. Trotzdem nickte ich weg. Ich merkte, dass sie auf das Bett geklettert war, außerdem war das Licht wieder an. Fluchend drehte ich mich um. Sie saß, immer noch nackt, im Schneidersitz neben mir und hatte ihre Tasche ausgeleert. Ein Berg glitzernden Modeschmucks lag auf der Decke. Sie hielt eine Zange in der Hand, begann, die Silberdraht-Ketten zu verbiegen.

„Was soll denn das nun wieder?“ Meine Stimme war matt, ich war erschöpft, unfähig, gegen ihre Vitalität anzukämpfen. Trotzdem reizte sie mich schon wieder. Der Schneidersitz hatte ihren Schoß geöffnet, ihre Muschi präsentierte sich genau auf meiner Augenhöhe.

„Das sind die Kronjuwelen aus England. Die hab ich heute Morgen gestohlen“, sagte sie stolz. „Glaubst Du mir?“

„It‘s hard to believe.“ Sie kramte aus ihrer Tasche einen Daily Mirror vom selben Tag und begann, daraus vorzulesen

Ihr Englisch war gut.

Ich unterbrach sie.

„Wieso Kronjuwelen? Ich denke, die Koreaner und der deutsche Geheimdienst sind hinter dir her?“

„Aha, endlich glaubst du mir“, erwiderte sie mit strenger Stimme. „Aber der Secret Service auch! Was meinst du? Muss der Rubin an diese Stelle?“ Sie bog weiter an ihrem Modeschmuck herum.

„Pass auf, Lisa, tu mir bitte einen Gefallen: Setz dich in die Küche an den Tisch, arbeite dort und lass mich endlich schlafen. Vor allem zieh dir was an und halt mir nicht dauernd Deine Muschi vors Gesicht."

Sie lachte. „Gefällt sie dir nicht?" Sie öffnete ihre Schenkel noch weiter, doch als ich danach greifen wollte, entzog sie sich wieder.

Jetzt wurde ich ärgerlich. „Ich vergewaltige dich nicht!", schrie ich, „ich brauche das nicht", nahm mein Glied in die Hand und tat so, als wollte ich masturbieren, auf sie spritzen, ließ es dann, ging ins Bad und nahm eine Dusche.

„Warum mache ich das eigentlich mit?", fragte ich mich. Warum werfe ich sie nicht raus, hole mein Werkzeug rein und schließe hinter mir ab? Jawohl, genau das werde ich jetzt machen!"

Ich drehte die Dusche ab, wandte mich um, da stand Lisa im Türrahmen. Sie fixierte mich und sagte: „Na, Kleiner? Hast du Angst vor mir?"

Sie hielt ihre Drahtzange in der Hand, öffnete und schloss sie, während sie auf mich zukam.

„Ich zwicke dir jetzt dein Schwänzchen ab", zischte sie drohend, warf dann aber plötzlich die Zange in die Wanne, stürzte auf mich zu, umarmte mich, nass, wie ich war, und küsste mich mit solcher Gier, dass mir die Luft wegblieb. Ich stand in der Wanne. Sie zog an mir, packte meinen Schwanz, kletterte erst am Wannenrand und dann an mir hoch und schob ihn sich rein, bewegte sich heftig, wild wie bei einem Anfall. Dabei schrie sie: „Du hast wohl Angst vor mir, du Sau?"

Schon wurde sie wieder frech.

„Ich schneid ihn dir noch ab, warte!" Ihre inneren Muskeln zogen sich so stark zusammen, dass es mir wehtat; ich konnte mein Glied nicht mehr bewegen. „Jaaa, tut das weh?", fragte sie lüstern mit glitzernden Augen und ich war wirklich froh, das Messer aus dem Fenster geworfen zu haben. Sie drückte mich in die Wanne, setzte sich auf mich, ritt auf mir herum, dann drehte sie sich, streckte mir ihren Hintern entgegen. Durch meine Stöße bumste ihr Kopf gegen die Wanne und die Wand dahinter, sie schrie auf, als ich ihr mein Ding unerwartet in den Hintern rammte. Jetzt wollte ich ihr wehtun, wollte mich für ihren Sadismus revanchieren. Ich war wütend. Endlich war ich an der Reihe. Dann wurden meine Gedanken friedlicher, die Hektik verschwand. Alles mündete in einen schönen langen Fick. Wir waren beide erschöpft, verschwitzt, die Säfte hatten den Wannenboden verschmiert, unsere Schamhaare klebten, bis ich die Dusche aufdrehte, die uns so, wie wir dalagen, nässte, reinigte und kühlte. Ohne mich abzutrocknen schleppte ich mich ins Bett und schlief sofort ein. Es können nur wenige Stunden gewesen sein, bis ich wieder erwachte. Ich lag mitten im Modeschmuck und auf englischen Zeitungsseiten. Lisa saß in der Ecke, angekleidet und auch wieder in die Pelze gehüllt. Sie schaute mich böse an. „Du Schwein! Du hast mich vergewaltigt!"

Ich wollte weiterschlafen, drehte mich um. Doch Lisa erhob sich und rüttelte an mir.

„Steh auf, ich muss weg!", sagte sie.

„Fahr mit der Taxe, ich hab dir gestern einen Zwanziger gegeben."

„Nein, du weißt, dass ich nicht Taxi fahre!"

„Dann warte, bis ich ausgeschlafen habe, dann bring ich dich, wohin du willst." Ich drehte mich um, fühlte mich total zerschlagen, aber Lisa ließ nicht locker, sie schüttelte mich erneut an der Schulter. „Steh auf, verdammt noch mal!"

„Wie spät ist es?" Ich drehte mich um. „Sieben Uhr."

„Verflucht, was willst du denn so früh, lass mich pennen, um elf ist es auch noch früh genug."

„Nein, dann ist es zu spät."

„Für was?"

„Zu spät, zu spät, zu spät!", brüllte sie.

„Für was zu spät?", schrie auch ich jetzt. „Was hast du denn Dringendes vor?"

Apathisch setzte Lisa sich aufs Bett und erwiderte leise: „Ich muss um neun Uhr in Niederrad sein, in der Psychiatrie, wenn ich zur Visite nicht da bin, gibt's Ärger und mir wird das Krankengeld gestrichen.

Louisa

Louisa erscheint im Zimmer, knipst das Licht an und würdigt mich keines Blickes. Mit gestressten, müden Bewegungen wirft sie ihre Handtasche auf den Schminktisch und zieht sich das Kleid über den Kopf, wirft es zusammengeknäuelt aufs Bett und betrachtet es abfällig, als sei es die Zusammenfassung aller ihrer Leiden. Doch dann nimmt sie es auf, glättet es, hängt es über einen Bügel, öffnet den Kleiderschrank und ordnet es ein. Eine Weile steht sie da, in sich versunken, in Höschen und Büstenhalter vor dem Spiegel, knabbert an einem Fingernagel und betrachtet sich. Schließlich kommt sie zu einem Entschluss, rudert mit den Schultern, dass ihr blondes Haar flattert, zieht dann BH und Slip aus, wirbelt beides um den Finger und steckt sie in den buntbedruckten Wäschesack, der neben dem Fenster hängt.

Sie tritt noch einmal vor den Spiegel, streicht aufwärts über ihre Hüften, hebt die Brüste an, drückt kurz auf die Nippel, die wie Klingelknöpfe gleich wieder herausspringen, betastet ihr Gesicht, fahndet nach versteckten Pickeln, findet einen an der Nasenbeuge und drückt ihn aus. Sorgfältig sucht sie weiter, spannt die Haut, schaut nach Fältchen und scheint zufrieden. Sie verzieht das Gesicht, bleckt die Zähne, streckt sich selbst die Zunge heraus, beugt den Kopf in verschiedene Richtungen, greift in ihr Haar und legt es zu unterschiedliche Frisuren, tritt einen Schritt zurück und bewundert sich von oben bis unten, dreht sich nach links, rechts, mit dem Rücken zum Spiegel und verrenkt dabei ihren schlanken Hals.

Wieder fährt sie mit den Händen über ihre Haut, krault sekundenlang durch das dunkelblonde Vlies, gibt sich mit der Rechten einen Klaps auf den Po, als wolle sie sagen:

„Los, träum‘ nicht, mach‘ weiter.“

Sie bückt sich, streckt mir dabei ihren festen Hintern und ihr Kätzchen entgegen und entnimmt der untersten Schublade der Kommode einen frischen, weißen Slip, führt ihn an die Nase, schnuppert, nickt kaum merklich, greift sich zwei Badetücher und verschwindet damit in der Dusche.

Als sie zurückkommt, trägt sie ein Frotteetuch als Turban um den Kopf gewickelt.

Sie beachtet mich nach wie vor nicht, greift nach dem Höschen, steigt zunächst mit dem rechten, dann mit dem linken Bein hinein, geht in die Hocke, wippt mit dem ganzen Körper, als sacke sie Kartoffeln ein, und zieht den Bund hoch bis zum Bauchnabel. Dann richtet sie sich auf, führt die Hände unter den Saum, erst vorne, dann hinten, zieht ihn über beide Pobacken, und lässt ihn zurückschnellen. Sofort schrumpft der Slip zu seiner natürlichen Winzigkeit, doch Louisa scheint zufrieden.

Im Schneidersitz hockt sie sich aufs Bett, baut Schminkkoffer, Handspiegel und alle Utensilien greifbar um sich auf. Die Unordnung im Koffer macht sie nervös. Sie kippt ihn um, sortiert, sucht, findet offensichtlich nicht das Richtige, erhebt sich, stülpt auch die Handtasche um, kramt und kehrt mit der Pinzette in der Hand zurück aufs Bett.

Louisa korrigiert die Stellung des Handspiegels, der an der hölzernen Bettkante lehnt, verrenkt Kopf und Körper, um sich besser zu sehen, und zupft sich die Brauen aus. Bei jedem Härchen zuckt sie zusammen, macht sich aber mutig ans nächste. Jetzt findet sich in ihrem Gesicht kein Gegner mehr. Zu meinem Entsetzen beginnt sie, zwischen ihren Schenkeln nach vorwitzigen Härchen zu suchen, die unter dem Rand des Slips hervor lugen.

„Halt“, will ich eingreifen, „nicht dort! Ich liebe Dein Bärchen so wie es ist.“ Aber ich unterlasse es. Sie macht sowieso, was sie will.

Auf der Bettkante reiht sie nun eine Parade von Lippenstiften auf, daneben, wie eine Garde, die dazugehörigen Nagellacke. Unentschlossen wiegt sie den Kopf, dreht einen Stift auf, streicht damit versuchsweise über ihren Handrücken, schnuppert daran, öffnet das Nagellackfläschchen, bringt einen Probestrich auf den Daumennagel und reibt es dann, entschlossen und den Kopf schüttelnd, wieder mit Watte ab. Die zweite Farbe gefällt ihr. Sie beginnt mit den Fußnägeln, beugt sich vor, dabei löst sich der Turban. Handtuch und Haare fallen ihr ins Gesicht. Unwirsch verknotet sie das Tuch wieder und fährt in ihrem Tun fort. Dann steht sie auf, schwebt mit gespreizten Händen, die Arme wie Flügel schwenkend, im Zimmer auf und ab, bleibt mehrmals vor dem

Fenster stehen und bläst auf die Fingernägel. Immer noch tut sie so, als nehme sie mich nicht wahr. Offensichtlich will sie ausgehen, aber ohne mich.

Sie zieht ein Shirt über den Turbankopf, streicht und zupft daran, bis es sitzt, prüft, ob ihr Busen gut zur Geltung kommt, hüpft zwei- dreimal, bringt ihn zum Wippen, steigt in eine dunkelgrüne Cordjeans, zieht weiße Tennissocken und braune Stiefeletten an und setzt sich breitbeinig auf den Hocker vor dem Schminktisch.

Jetzt erst löst sie das Handtuch. Strähnig und feucht fällt das Haar bis auf ihre Schultern. Mit dem Föhn trocknet sie es an und bürstet es mit kräftigen Zügen. Immer wieder knickt ihr Kopf weg, wenn die Bürste an verfilzten Stellen hängen bleibt und ihre Mimik unwillkürlich Unbehagen signalisiert.

Eine Minute lang betrachtet sie ihr Werk, drückt hier ein wenig an und lockert da noch etwas auf, ist zufrieden, nimmt den Lippenstift, fährt ihn über die Unterlippe, leckt mit der Zunge nach, zieht beide Lippen nach innen, streicht und leckt erneut, bis der Mund glänzt.

Sie verstaut Lippenstift und Nagellack in ihrer Handtasche, sucht aus dem Durcheinander der ausgeleerten Utensilien so unentbehrliche Dinge wie Tempotaschentücher, Brieftasche, Tampons, Schlüssel und Geldbeutel und wirft sie achtlos hinterher.

Jetzt ist sie ausgehfertig.

Das Zimmer wird sie später aufräumen.

Nun erst scheint sie sich an mich zu erinnern.

Sie schaut in meine Richtung, kommt drei Schritte auf mich zu und sieht mir genau in die Augen ... soweit das über die fast vierzig Meter entfernte Gefängnismauer hinweg in mein Zellenfenster möglich ist. Dann zieht sie mit einem Ruck den Vorhang zu.

Das Haus in den Bergen

Der Imbissschuppen am Rande der Stadt lag unter der glühenden Julisonne. Es war zu heiß zum Essen, und ich trank ‚ne kalte Soursop-Milch, die ich mit ‚nem Schuss Rum aus der Taschenflasche schmackhafter machte. Das pechschwarze Mädchen in der Bude, die höchstens zwei Meter Durchmesser hatte, drehte das Transistorradio auf volle Lautstärke. Third World sang „96 Degrees In The Shade". Soviel waren es bestimmt.

Das Mädchen bewegte sich im langsamen, lasziven Reggae-Rhythmus. Der Typ auf der anderen Seite der Garküche sah schon seit seiner Ankunft zu mir herüber. Er verzehrte nichts. Sicher überlegte er, ob er mich anbetteln könne. So lange Überlegungszeiten war ich nicht gewöhnt. Normalerweise kamen sie zu mir, forderten einen Dollar oder zwei oder drei, murmelten so was wie: »Du weißt ja, Mann, ihr Weißen steckt tief in unserer Schuld. Schon seit 500 Jahren.«

Allenfalls dankte mal einer mit: »Jah, macht alles wieder gut, brother«, aber der da überlegte mir schon viel zu lange. Vielleicht war er stoned und wollte mich überfallen? Das würde sich für ihn nicht lohnen. Meine Sandalen waren schäbig, meine Hose schmutziger als seine und das Shirt billig und durchgeschwitzt. Seit Tagen schon trug ich, weil mir jemand meine Batschkapp geklaut hatte, einen Strohhut. Keinen breitkrempigen wie die Mexikaner oder gar einen hohen wie die Latinos, nein — er war modelliert wie ein europäischer Straßenhut, sogar mit dem Kniff in der Mitte. Seitdem das Band fehlte, fiel er immer mehr auseinander. Er taugte gerade noch als Sonnenschutz. Also, ich sah wirklich nicht aus wie ein lukratives Opfer, dachte ich gerade, als der Typ um die Ecke der Bude auf mich zukam.

»Irie, brother«, grüßte er und musterte mich von Kopf bis Fuß. Das tat ich auch. Er stand gut 1,85 hoch auf seinen Barfüßen, war schlank, kräftig, hatte ‚ne alte Army-Hose an und einen grauen, geflickten Pullunder. Seine mächtigen Oberarme waren tätowiert, sein Gesicht afrikanisch. Breite Lippen, breite Nase mittelschwarz. Im linken Nasenflügel und im linken Ohr trug er je einen Goldreif. Zu erkennen war der Ohrring nur, wenn er seine beeindruckenden Dreadlocks schüttelte. Die längsten Locken hingen ihm bis auf den halben Rücken und waren so dick wie Schiffstaue. Bevor er irgendeine Forderung an mich stellen konnte, zog ich einen Dollarschein aus der Tasche und hielt ihn ihm hin.

»Da, kauf dir ‚nen Drink.«

»Jah, Mann!« sagte er verblüfft, nahm den Dollar und ließ sich von der immer noch tanzenden Bedienung ein Bambusrohr voll Milch schütten. In so ein Rohr, von Knoten zu Knoten, ging durchaus ein guter Liter rein. Der Schwarze hockte sich vor mich und hielt den Topf ausgestreckt in meine Richtung. Verdammt, er hatte mich vorhin beobachtet. Seufzend zog ich die Rumflasche aus der Hosentasche und versetzte seiner Milch die nötige Potenz.

Die dazu erforderliche Bewegung war schon zu viel. Ich geriet ins Schwitzen. Kingston im Juli ist wie ‚ne Dampfwaschküche. Du kannst duschen, dich frisch anziehen, aber kaum gehst du drei Schritte, bist du schon wieder nassgeschwitzt. Oder es regnet!

Zehnmal am Tag knallt es herunter wie aus Feuerwehrrohren, hört auf und verschwindet nach Minuten wieder in dicken heißen Wolken, die nach oben saugen. Aufs Land müsste man geh'n, da ließe es sich aushalten.

Der Schwarze hatte das tolle Getränk aus Ziegenmilch, kleingefrästem Eis, Soursopsaft und Rum in sich hineingeschüttet, ohne dass ein Schweißtropfen auf seiner Stirn erschien. Der Glückliche.

»Du«, sprach er mich an und wies auf meinen Vollbart. »Du bist rootsman, schon lange hier, he?«

Ich nickte nur. Den Mund zu öffnen, war ich zu faul. Deshalb hatte ich ihm ja den Dollar gegeben. Streit hätte zu viel Kraft gekostet.

»Dann kennst du auch Big John Hooker?«

Ich schüttelte den Kopf. Mein Gegenüber riss staunend die ohnehin großen Augen noch weiter auf und erhob sich.

»Du kennst Big John Hooker nicht?«

Er zeigte jetzt mit den Armen ganz weit nach oben und hielt sie ganz weit auseinander, um zu demonstrieren, wie groß Big John Hooker sei. Ich musste sogar den Rand des Strohhutes in den Nacken schieben, um so hoch aufzusehen wie dieser Mensch es andeutete.

»Mann, Big John Hooker, der Held der PNP bei den Wahlen im letzten Jahr. Fast hätt‘ er Seaga abgeknallt bei der großen Wahlveranstaltung im Stadion. Aber er hat zumindest drei Bullen erwischt. Du musst ihn kennen!«

Ich kannte ihn nicht. Im Vorjahr hatte es Tausende von Schießereien mit einem Ergebnis von rund 600 Toten gegeben. Aber ich wollte meine Ruhe, daher sagte ich:

»Ach so, der, ja, den kenn‘ ich. Wo ist er? Ist er auch tot?«

»Tot?« Der Bursche war entsetzt.

»Mein Bruder stirbt nicht!«

»Wo ist er denn?«

»Im Zentralgefängnis. Der Gun Court hat ihm lebenslänglich gegeben. Aber Big John Hooker, mein Bruder, kommt wieder!«

Ich nickte nur dazu. Hier im Land gab‘s drakonische Strafen, doch die meisten Gefangenen brachen nach einigen Wochen wieder aus. Das war Usus.

»Gut, dass du Big John Hooker kennst.« Er war zufrieden.

»Denn nur Leute, die ihn kennen, dürfen sein Haus sehen.« Was sollte das schon wieder? Ich war im Halbschlaf, konnte ihm kaum folgen.

»Stell dir vor, Mann! Bist du aus den Staaten?«

»Nein, aus Deutschland.«

»Gut, noch viel besser. Bei euch gibt‘s die Alpen und die schönen Alpenhäuser, weißt du, was ich meine, he?«

Ich nickte und wusste immer noch nicht, auf was er raus wollte.

»Siehst du, Mann, so ein Haus hat Big John Hooker gebaut. Ich will‘s dir zeigen.«

»Oh nein!« Jede Bewegung in der Hitze hätte mich umgebracht. »Warum mir? Zeig‘s doch dem Mädchen da!«

»Unsinn«, sagte er. »Du bist Weißer, kennst Big John Hooker, und Weiße versteh‘n mehr von Häusern als wir.« - »Wo ist es?«

»Nicht hier. Es ist auf dem Land.« - »Auf dem Land?« Das wäre ja vielleicht was. Aus der heißen Stadt rauskommen.

»Und wie sollen wir dahin gelangen?« fragte ich.

»Na, mit deinem Auto!«

»Mit meinem Auto? Ich hab' kein Auto!«

Erstmals war der Schwarze geschockt. Ein Weißer und ein Auto!

»Auch kein Rent a car?« bohrte er nach

Ich schüttelte den Kopf.

»Nope!«

Gott sei Dank schien damit die Sache erledigt. Doch er gab nicht auf. »Könnt' mir ja ‚nen Wagen leihen, wenn du das Benzin kaufst.«

Ich weiß nicht, ob ich zustimmte oder nicht. Jedenfalls verschwand er. Ich wäre besser auch verschwunden, konnte aber nicht. Die Hitze hatte mich auf diesem Platz festgeschweißt.

Nach ‚ner Stunde war Big John Hookers Bruder wieder da. Schon das Geräusch des Ford Escort verriet mir einiges über seinen Zustand. Er besaß keinen Auspuff. Der Rest sah nicht besser aus. Irgendwann war er mal ausgebrannt. Das Nötigste war repariert, die Polster nicht. So setzten wir uns auf blanke Federn, tuckerten zur nächsten Gas-Station und von da in die blauen Berge. Zweimal hielt er unterwegs an, um die Räder festzudrehen, die sich auf der holprigen Strecke lösten. Dabei sah ich, dass kein Profil mehr auf den Reifen war. Wir rauchten beide einen Joint, und ich schlief ein, bis er ausrief: »Da ist es, da ist Big John Hookers Haus!«

Ich befreite mich aus den Autofedern und meinem Rausch und sah in die Richtung, in die er deutete.

Da stand ein Alpenhaus wie in Kärnten. Tief heruntergezogenes Dach mit Teerpappe und Steinen beschwert. Jeden Moment glaubte ich, Heidi und den Almöhi zu sehen. Nur der Anstrich war jamaikanisch. Lila, Blau, Gelb und Rosa kamen reichlich vor.

Es lag auf der Spitze eines Berges, zwar überragt durch einige Gipfel in der Nachbarschaft, aber doch ganz schön hoch. Das Klima war angenehm hier oben, nicht zu kühl und nicht zu heiß.

»Komm rein, Mann, du wirst staunen!«

Ich wusste immer noch nicht, was das Ganze sollte. Wollte er mich berauben? Gar umbringen? Nein, das hätte er auch in Kingston tun können. So folgte ich ihm neugierig. Mir blieb die Spucke weg. Sauber wie die gute Stube einer deutschen Edelhausfrau. Filzfliesen und Teppichböden lagen aus, eine komplette Einbauküche, Einbauschränke, ein gefliestes Bad mit Dusche, Toilette und Bidet, alles blitzblank. Big John Hookers Bruder, wenn er es denn war, stand inmitten dieses Luxus‘ und breitete die Arme aus.

»Na, hab ich dir zu viel versprochen? Du musst erst mal die Nacht hier verbringen. Wie kühl es hier ist, du glaubst es kaum. Und: es gibt keine Moskitos!«

»Schön und gut. Aber wie sollen wir hier die Nacht verbringen? Es gibt kein Bett!«

»No problem, ich hole Kissen. Schau dich nur um, sag mir nachher, wie‘s dir gefällt.«

Er verschwand und ich besichtigte das Haus. Ich spielte am Herd — kein Strom. Drehte den Wasserhahn auf, es kam nichts. Wie sollte das auch funktionieren, oben auf dem Berg? Ein Brunnen müsste hundert Meter und mehr in die Tiefe reichen.

Mein Rastafreund kam zurück. Kissen hatte er nicht mitgebracht, aber dafür zwei Mädchen. Nicht alt, vielleicht 18 oder 19 Jahre alt. Eines trug ein Baby auf der Hüfte.

»Das sind meine Schwestern«, stellte er sie vor.

»Elly und Hyacinth.« Beide waren hübsch.

»Wie viel ist noch in deiner Taschenflasche?« fragte er mich.

Ich zog sie heraus. Sie war noch halbvoll. Er nahm sie mir aus der Hand, ließ sie reihum gehen. Sie wurde leer. Dann setzten wir uns auf den Fußboden und drehten dicke Joints.

Alle rauchten in Ruhe.

»Wie hat Big John Hooker sich das nur vorgestellt? Er schafft das ganze Material hier rauf, aber Strom und Wasser gibt es nicht.«

Der Bruder druckste herum.

»Irgendwas hat Big John sich dabei gedacht. Wenn wir nur wüssten, was? Er ist nicht nur größer und stärker, er ist auch schlauer als wir. Wüssten wir‘s, wär das Haus längst verkauft!«

»Aber«, er begann aufs Neue, »für dich als Deutschen ist das doch alles kein Problem, ihr wisst doch alles. Ihr könnt alles. Wenn du erst mal hier wohnst, fällt dir auch ein, woher du Wasser und Strom nehmen kannst.«

Aha. Das war es also! Er wollte mir das Haus verkaufen; oder vermieten. Jetzt nur keine falsche Bemerkung machen. Ich wusste nicht, wo ich war, was sie vorhatten, am besten war es, das Spiel mitzuspielen und, wenn's billig war, das Haus vielleicht sogar zu mieten? Mal sehen. Daher fragte ich zunächst: »Wie weit ist das nächste Dorf von hier entfernt?«

»Da unten im Tal, zwei Meilen von hier, wo die Mädchen her sind. Und das versprech' ich dir — wenn du erst einmal hier wohnst, werden dich Elly und Hyacinth Tag und Nacht bedienen.«

Die beiden nickten und strahlten.

»Und wenn du länger bleibst«, fuhr Big John Hookers Bruder fort, »brauchst du dir auch keine Sorgen zu machen. Elly ist 19, Hyacinth 18, und wir haben noch drei Schwestern von 16, 14 und 12, die rücken dann nach. Du musst nur Big John Hookers Haus kaufen, dann gehört alles dir.«

Ich überlegte. »Und wenn wir aus diesem Dorf eine Leitung legen bis hier oben mit einer kleinen Pumpstation dazwischen?«

»Hurraahhh!« Der Kerl schlug sich auf die Schenkel.

»Ich hab's doch gewusst, dass ein Weißer gleich die richtigen Ideen hat, gratuliere, nur ... im Dorf gibt's auch keine Wasserleitung.«

»Gibt's denn Strom im Dorf?«

»In den nächsten zwei Jahren sollen wir welchen bekommen.«

Oh Gott, dachte ich. Big John Hooker war ein Träumer, ein Individualist, aber ein Träumer.

Es wurde dunkel. Ich schlug vor, uns draußen hinzulegen. Gras ist immer noch weicher als Teppichboden mit harten Brettern drunter. Doch Big Johns Bruder machte mir vor, wie's ging, er beorderte Hyacinth in die Rückenlage und streckte sich aus, lag mit Kopf und Oberkörper weich auf ihr, während sie klaglos die Last auf sich nahm. Elly breitete sich ebenso für mich aus, allerdings in einem anderen Raum, der mal das Schlafzimmer werden sollte. Ich war müde vom Rauchen und schlief, den Kopf auf ihrer linken Brust ruhend, ein, während die rechte für das Baby reserviert war.

Wach wurde ich durch zwei Naturereignisse: das erste war ein heftiges Gewitter, doch das Dach schien dicht zu sein; das zweite war Ellys streichelnde Hand unter meinem Hemd, dann an meiner Hose. Sie flüsterte, ich solle mich ruhig verhalten. Mit geschickten Fingern holte sie das Objekt der Begierde heraus. Dann nestelte sie an ihren Kleidern, erhob sich leise und setzte sich auf mich drauf. Sie bewegte sich langsam und geräuschlos, ich hatte den Eindruck, sie hielte sogar den Atem hinter ihren Raubtierzähnen zurück. Es wurde der schweigsamste Fick meines Lebens, aber es war schön, auch wenn das Baby immer irgendwie im Wege war. Kaum ließen wir erschöpft voneinander, als Hyacinth und Big John Hookers Bruder zu uns rüber kamen. Die Mädchen legten sich mir zur Seite, der Mann hockte sich im Schneidersitz vor mich, zündete einen Joint und eine Kerze an und sah mich belauernd an.

»Jetzt wollen wir verhandeln«, eröffnete er das Verkaufsgespräch. »Gewiss, es ist ein Notverkauf und einiges ist noch nicht ganz fertig an diesem Haus, aber 5000 Dollar ist es allemal wert. Was meinst du?«

Was sollte ich schon meinen? Würde ich das Gespräch boykottieren, gab's bestimmt Ärger. So verhandelte ich.

»Okay, mein Freund, 5000 ist nicht schlecht, nur... zunächst brauch' ich die Unterlagen, ob das Haus auch auf deinen Bruder eingetragen ist. Hast du die hier?«

Er überlegte einen Moment. »Nein, nicht hier. — Also gut, ohne Papiere, 4000 Dollar!«

»Dann brauche ich die Vollmacht deines Bruders, dass er überhaupt verkaufen will.«

»Wie sollen wir die denn aus dem Zentralgefängnis rausbekommen? Er hat's unserer Mutter gesagt, und das gilt. Aber ich verstehe dich, o. k., also ohne die Vollmacht 3000 Dollar.«

»Dann muss ich den Strom legen lassen, vom nächsten Verteiler, kostet bestimmt auch einen Tausender!«

Big John Hookers Bruder ließ sich nicht aus der Ruhe bringen. »Einverstanden, also 2000 Dollar, aber keinen Cent weniger!«

»Und was ist mit dem Wasser? Ich müsste es kübelweise hier hinauf schleppen.«

»Die Mädchen bringen es dir mit, jeden Tag«, versprach er.

»Nein, wenn hier schon alle Leitungen liegen, muss ich auch eine Zuleitung bauen.«

Immer noch stoisch antwortete er: »Einverstanden, letzter Preis 1000 Dollar.«

»Als Ausländer muss ich eine Menge Steuern bezahlen, wenn ich hier etwas erwerbe, mindestens 200 Dollar!«

Einen Moment lang überlegte er, dann ließ er auch das Argument gelten.

»Allerletzter Preis 800 Dollar. Wo ist das Geld?«

Jetzt wusste ich nichts mehr zu sagen, höchstens noch, ob er US- oder Jamaica-Dollars meinte, aber das war egal. Er hätte es auch für 800 Jamaicas verscherbelt.

»In Kingston!«

»In Kingston?« wiederholte er enttäuscht.

»Ja, glaubst du denn, ich schleppe so viel Geld mit rum?

Fahren wir morgen früh hin und dann hierher zurück.« Es blieb ihm nichts anderes übrig.

Ich erhob mich und ging zur Toilette.

Ein großes Rohr nach außen ließ alles auf die Wiese plätschern. Aus Gewohnheit drückte ich den Spülkasten und erschrak. Mit einem gurgelnden Geräusch lief das Wasser aus dem Kasten. Die drei kamen angelaufen und starrten auf das Wunder. Leise hörte man, wie sich der Kasten wieder füllte. Ellys Hand drehte die Dusche an. Ein leichtes Zittern, dann spritzte ein dicker Strahl heraus. Nackt wie wir waren stellten wir uns darunter, kreischten und lachten wie Kinder. Big John Hookers Bruder rannte durchs ganze Haus und drehte an allem, was er fand. Auch in Küche und Waschküche sprudelte es aus den Hähnen. Nur der Herd ging nicht an, der brauchte Strom, kein Wasser.

Big John Hookers Bruder rief in einem fort:

»Also doch 1800 Dollar, mein Freund, doch 1800!«

Ich ging nach draußen, fand eine Leiter und kletterte aufs Dach. Hinter der Dachfassade war ein großes Auffangbecken eingebaut. Der Regen dieser Nacht hatte es bis zum Überlauf gefüllt. Unten spielten sich derweil Wasserschlachten ab. Wanne, Becken, Toilette liefen über. Elly setzte sich immer wieder aufs Bidet und sprang kreischend auf, wenn‘s ihr an die Muschi spritzte. Big Johns Bruder forderte jetzt offiziell 1800 Dollar von mir, die ich ihm ohne Zögern zugestand. Schon allein wegen der angenehmen Stunden und dem verrückten Erlebnis. Auch wenn das Haus nie mir gehören würde. Ebenso wenig wie es wahrscheinlich Big John Hooker oder seinem Bruder gehörte. Sie suchten nur ab und zu einen Tölpel wie mich.

Auf jeden Fall probierten wir alles aus. Zuletzt, kurz bevor das Reservoir auf dem Dach versiegte, lief das Wasser schon zur Haustür raus. Dann übermannte uns die Müdigkeit. Wir betteten uns in der bewährten Manier und schliefen bis zum Mittag.

Auf halbem Weg nach Kingston zeigte ich Big John Hookers Bruder meinen Geldgürtel. Sofort bog er in die nächste Seitenstraße ein und stoppte den Wagen.

»Du hast also doch Geld bei dir. Warum sollen wir dann erst nach Kingston fahren?«

»Ich will eben nach Kingston«, forderte ich ihn heraus.

»Nein, mein Junge«, grinste er hinterhältig, »hier und jetzt wird bezahlt.«

Damit schlug er seine Jacke zurück und zeigte mir den Griff einer amerikanischen 45er Automatic. Das war ein Argument, dem ich nichts entgegenzusetzen hatte. Es sei denn, ich könnte ihm das Ding abnehmen.

Die Mädchen winkten schon von Weitem, als sie den alten Escort den Berg hinauf keuchen hörten. Aber ihre Freude wandelte sich in Entsetzen, als sie mich erkannten, doch bald hatte ich sie beruhigt.

Nun wohne ich schon drei Jahre dort oben. Wie versprochen, werden nach Hyacinth und Elly noch Rose, Lilli und Elisabeth kommen. Mit Hyacinth und Elly habe ich heute schon viel Spaß und sechs Kinder.

Besucht mich doch mal, ihr Schnarchnasen aus Deutschland, besonders dann, wenn ihr ein schönes Haus auf Jamaica kaufen wollt. Was Besseres könnt ihr nicht finden.

Das meinten auch die sechzehn Leute, denen ich es bisher verkauft habe.

Eine nasse Nummer

Ihr Alten und ihr Jungen, hört mir gut zu. Ihr Alten, da mit ihr euch erinnert, dass damals auch nicht alles zum Besten stand; und ihr Jungen, damit ihr euren Eltern widersprechen könnt, wenn sie euch erzählen, wie gut sie selbst und die alten Zeiten gewesen seien.

Denn die gute alte Zeit war oft genug eine schlechte neue Zeit.

So auch die Roaring Sixties!

Menschen, die eine Dekade im Nachhinein als roa ring bezeichnen, waren zum gemeinten Zeitpunkt meist jung und röhrten allein aus diesem Grund.

So ging‘s auch mir, Mitte der 60er.

Beatles und Rolling Stones hatten ihr erstes Jahr Weltruhm hinter sich gebracht, und ich wollte Musiker werden.

Unbedingt!

Ich war Sänger in einer Beatband, obwohl ich außer Tamburin kein Instrument beherrschte. Aber .ich sprach Englisch, hörte die Texte der Platten ab und — es gab Verstärker, die jedem dünnen Stimmchen die nö tige Ausdruckskraft verliehen. Die anderen fünf Jungs aus unserer Band gingen vernünftigerweise ihrem Beruf nach, während ich sonst nix schaffte und mich Profimusiker nannte. Wir spielten freitags, samstags, sonntags vorwiegend in Dörfern, auf Ausflugsschiffen der Köln-Düsseldorfer oder bei Betriebs festen. So was brachte pro Mann und Kopf etwa 80 Mark am Abend, plus Essen und Getränke. Essen gab‘s wenig, dafür viele Saufbons, also lebte ich vorwiegend flüssig. Die 80 Mark reichten nicht vorn und nicht hin ten und wir beteten jedes Mal, dass die Gitarrensaiten nicht rissen, denn wir besaßen kaum Ersatz. Also ehrlich gesagt, ohne Groupies wäre ich verhungert.

Sie fütterten mich aus Mamis oder Papis Kühl schrank durch. Im Grunde erlebte ich damals eine karge Zeit und dabei war ich immer hungrig — auf Essen und auf Mädchen.

Ich erinnere mich genau: Wir waren gut in Fahrt an je nem Abend. SATISFACTION hatte ich gegrölt, den Knaller der Saison.

Wir spielten auf dem Betriebsfest eines großen Köl ner Unternehmens der Lebensmittelbranche. Am Morgen hatte ich mir ein Paar neue Schuhe geleistet. Das Wochenende mit drei Veranstal tungen auf Rheinschiffen hatte meine Tasche mit 150 Mark gefüllt, und ich kaufte mir schwarze, nach vorn spitz zulaufende Wildlederschuhe, die sich leicht nach oben bogen, wie die arabischen Pantoffeln aus Tau sendundeine-nacht. Ich war mächtig stolz auf diese scharfen Treter. Dazu trug ich meine obligate haut enge, schwarze Baumwollhose, das Rüschenhemd mit der schwarzen Schleife und eine Lederweste. Meine Haare waren so lang wie die meiner Vorbilder, der Rolling Stones.

Tja, die Groupies. Selten musste ich aktiv werden. Die meisten bo ten sich freimütig an. So ,ne Live-Band war doch was anderes als ,ne Musikbox. Mit Schallplatten konnte keine ins Bett ge hen — dafür sind Platten nicht hungrig. Ich ver suchte stets, beide Wünsche in Einklag zu bringen:

Essen und Liebe. Synergien schöpfen nennt man das. Die Dame des Tages hieß Else. Ich sehe sie heute noch vor mir. Und sie war ganz schön kräftig. Sie stand vor dem Podium, verschlang mich mit den Augen und machte eindeutige Handzeichen, trat von einem Fuß auf den anderen und rieb ihre dicken Schenkel anein ander, als ich wieder einmal ihrem Wunsch folgend „No Milk Today" vom Hermanns Hermits sang. Die Sache war klar! Nach Feierabend würde ich mit ihr nach Hause fahren und mich satt essen, erst am Kühlschrank, dann an ihr — oder um gekehrt.

Die Band besaß nur ein einziges Auto. Das Roadmobil wurde gebraucht, um die Instrumente zu transportieren. So winkte ich meinen Freunden einen Gruß zu und verließ, Ella an der Hand, mit schnellen Schritten die Halle.

»Hast du ein Auto?«

»Nein. Ich dachte, du hast eines«, erwiderte sie ent täuscht.

»Macht nix, nehmen wir ein Taxi«, entschied ich, hielt eines an und bugsierte sie und mich auf den Rück sitz. Sie sagte:

»Habbelrath«, einen Namen, den ich noch nie gehört hatte. Ich dachte nicht weiter darüber nach, sondern stürzte mich auf sie. Es war nicht leicht, ihre Brüste aus dem soliden Büstenkorsett zu befreien, doch sie half willig mit und öffnete

Mantel, Kleid und Schenkel. Fast hätte ich mir die Hand versengt an ihrer nassen Hitze. Sie machte ihren Mund so weit auf, dass ich glaubte, sowohl oben als auch unten in sie hineinzustürzen.

Irgendwann während unserer wilden Knutscherei öffnete ich die Augen und stellte fest, dass wir uns auf der Autobahn befanden. Aber ihre Finger lenkten mich wieder ab, und ich erwachte erst, als das Taxi anhielt.

»Wohin denn hier? Das ist ja noch ‚ne Wüste.«

Der Fahrer beugte sich fragend nach hinten. Ich schaute durch die Scheiben und musste ihm recht geben: Es sah sehr düster aus. Auf einem Acker standen eine Menge fertiger und halb fertiger Neubauten. Kein Laternenlicht erhellte die Siedlung. Zudem regnete es Bindfäden. Mit 25 Mark Taxilohn wurde ich die Hälfte meiner Gage los. Unentschlossen blieb ich im Wagen sitzen und sah Ella an, erwartete von ihr, dass sie ir gendeine Adresse nenne.

»Na los, worauf warten Sie noch?« fragte der Fahrer ungehalten. Ella stieg aus, ich folgte. Der Diesel wendete mit einem nagelnden Geräusch und verschwand in der Dunkelheit. Es war kalt, und es regnete viel heftiger als vorher. Am Ende der Siedlung erkannte ich die Leucht reklame einer Gaststätte; nicht weit davon entfernt eine beleuchtete Telefonzelle. Ansonsten lag alles im Dun keln.

»Wo wohnst du?« Ich war angeheizt und geil, zog sie an mich und grapschte nach ihrem Arsch. Statt einer Antwort bot sie mir wieder ihren Mund, ihre Titten, ih ren Schoß.

»Da drüben«, sagte sie schließlich. »Aber meine El tern sind zu Hause. Ich kann dich nicht mitnehmen.«

Die Worte trafen mich wie ein Schock. Dennoch, so kurz vor dem Ziel aufgeben war meine Sache nicht..Drüben, am Ende der unfertigen Straße, standen zwei Dampfwalzen für den Straßenbau. Ich zog Ella hinter mir her, durch Matsch und Pfützen. Sie folgte ohne Zögern. Die Dampfwalzen hatten Dächer, doch die nach allen Seiten offenen Führerstände schützten nur unvollkommen vor diesem Sauwetter. Aber was soll‘s? Wenn der Lümmel steht, ist der Ver stand im Keller!

Die kleinere der Walzen hatte anstelle des Sitzes einen Sattel aus Metall, wie man ihn bei älteren Traktoren findet.

Ich drehte den Sattel mit der Spitze nach hinten, setzte mich drauf, zog Ella mit einer Hand das Höschen unter dem Kleid aus, öffnete mit der anderen meine Hose, hob Ella hoch und — na ja ...

Alles war nass. Um uns plätscherte der Regen; der Wind trieb ihn in unsere Gesichter. Die Kleider tropf ten und Ella kochte. Die Stellung war äußerst unbe quem. Je heftiger wir uns bewegten, um so mehr gab der Sessel nach, knickte nach unten, kippte plötzlich ganz weg und ließ uns der Länge nach im Matsch lan den. Doch wir gaben nicht auf. Wie ein Soldat in der Schlacht robbte ich weiter. Ella hing unter und an mir, versuchte dem Schlamm zu entkommen, doch ich na gelte sie fest. Ich war so geil. Ich hätte nicht mal mehr gemerkt, ob ich in ihr oder in diesem schlammigen Acker steckte. Endlich kam meine Erlösung. Erschöpft blieben wir liegen, willenlose Opfer des Wetters. Sie bewegte sich.

»Steh doch mal auf. Ich liege im Matsch!«

»Ja und, meinst du, ich nicht?« Ich kam auf die Knie, erhob mich, half Ella aufzustehen. Sie sah aus wie ein Bergmann nach acht Stunden Schicht unter Tage, doch ihr Dreck war feuchter, dicker und mehr auf Armen, Beinen und Kleidern verteilt als im Gesicht. Mir selbst ging‘s nicht besser.

Sie weinte. »Ich bin total schmutzig. Wenn das meine Eltern sehen!«

Ich wurde zornig. Was wollte sie denn? Hätte sie mir vorher gesagt, in was für ein Dreckloch sie mich führte, wäre ich nie mit ihr gegangen. Deshalb empfand ich kein Mitleid. Ich antwor tete: »Und was denkst du, wie es mit mir weitergeht? Du bist gleich daheim. Ich muss sehen, wie ich von diesem Arsch der Welt weg komme!« Immerhin tätschelte ich beruhigend ihren Arm. »So schlimm siehst du nun wieder nicht aus.« Wir küssten uns. Sie verschwand im Dunkeln. Ich be wegte mich langsam auf die Gaststätte zu und dachte:

... einen Schnaps, eine Tasse Kaffee und ein Taxi und dann nichts wie in ein Bett, dick eingemummelt, damit ich mich nicht auch noch erkälte ...

Ich schritt auf den erleuchteten Eingang zu. Der Wirt, erkennbar an der weißen Schürze, trat vor die Tür. Er spähte zum Himmel und steckte den Schlüssel innen in die Tür.

»Heh«, rief ich, »warten Sie! Ich will noch was trin ken und ein Taxi bestellen!« Erschrocken sah er auf und versuchte, mit Blicken den Regen zu durchdringen. Es musste ihn erschreckt haben, was er sah und was da auf ihn zukam: ein vollkommen verdreckter und durchnässter Mensch, dessen Haare in Strähnen vom Kopf hingen und dessen Rüschenhemd matschig verklebt die Rüschen ebenso hängen ließ wie auch den kurzen schwarzen Binder. Blitzschnell zog der Wirt von innen die Tür zu. Ich hörte, wie der Schlüssel sich drehte. Das Licht erlosch, kaum hatte ich die Stufen erreicht. Ich eilte sie hoch, klopfte, hämmerte mit der Faust gegen das Glas und schrie:

»Mach doch auf! Mach doch auf! Ich will doch nur ein Taxi und einen Schnaps!« Nichts rührte sich, geschweige, dass das Licht wieder anging. Ich schrie, ich randalierte, hörte oben ein Fenster aufgehen — und zu all dem Regen wurde ich mit einem Eimer Wasser dem übergossen.Schweigend drehte ich mich um, marschierte zum Telefonhäuschen und dachte: Morgen, morgen, du Schwein, komm, ich und reiß' dir deine Bude ab. Ich zeig' dich an, wegen unterlassener Hilfeleistung. Ich bring' dich ins Zuchthaus, du Hundesohn.

Es nützte nichts! Was soll ich noch sagen? War es ver wunderlich, dass ich feststellte, dass in dem Telefon häuschen bereits Licht, nicht aber ein Telefonautomat installiert war?

Ich würde wohl oder übel in einem der unfertigen Neubauten oder in der Bretterfrühstücksbude der Bau arbeiter übernachten müssen. Aber ... alles war verrie gelt, vernagelt und — es regnete immer noch. Ich er reichte die Straße und trat an das unbeleuchtete Schild. – Frechen 7 km. –

Na ja, irgendein Auto würde schon kommen, das ich anhalten könnte. Ich marschierte be reits zwei Kilometer, da kam das Erste, fuhr langsamer, aber dann, nachdem es mich voll im Scheinwerferlicht hatte, machte es einen großen Bogen und beschleu nigte, als sei der Leibhaftige unterwegs.

»Schwei nebande!« Ich schüttelte drohend die Faust.

Mittlerweile spürte ich meine neuen Schuhe. Sie la gen so eng an wie Gummihandschuhe um eine Hand und als ich die Bändel ein wenig lösen wollte, fand ich sie durchnässt und so fest verknotet, dass ich mir zwei Fin gernägel abbrach, bevor ich das Vorhaben aufgab.

Nach weiteren drei Kilometern konnte ich kaum noch laufen. Ich verfluchte alle Groupies dieser Welt, be sonders die ohne eigene Wohnung, schwor mir, katholisch und Priester zu werden und hasste mich selbst und meine Geilheit, der ich die Schuld an meiner Lage zu schrieb.

Ich humpelte in die Stadt hinein. Drei weitere Autos hatten nicht angehalten, sondern mich im Gegenteil von oben bis unten bespritzt.

Am nächsten Taxistand weigerte der Taxifahrer sich, mich aufzunehmen. Erst als ich ihm zehn Mark extra ver sprach, ließ er mich einsteigen. Aus dem Kofferraum holte er eine Gummidecke und legte sie unter meinen Sitz. Er erzählte mir, die Gummidecke führe er mit sich, seitdem eine Schwangere in seinem Auto ihr Kind geboren habe.

Es dauerte lange, bis ich es schaffte, meine Schuhe aufzuschnüren. Ich zog sie aus, meine Füße schwollen an. Als wir das Ziel erreichten, passten sie nicht mehr in die Schuhe, die sowieso ruiniert waren.

Ich schlich tapfer auf Socken durch die Pfützen, wich ihnen einfach nicht mehr aus ...

Das bisschen schaffe ich auch noch, dachte ich und steckte meinen Schlüssel in die Haustür. Irgendwas klemmte, ich versuchte es mit Gewalt, dann brach der Schlüssel ab.

Tja, ich könnte noch einiges über diese Nacht er zählen, aber ich habe die Schnauze gestrichen voll.

Das Bedürfnis

Nichts Neues geschieht. Alles schon mal da gewesen! Das ist eine der gravierenden Erfahrungen in Leos Leben, und bestätigt sich immer wieder. Neulich, im letzten Herbst war Leo nach langer Zeit mal wieder bei einem Länderspiel der Fußball-Nationalmannschaft. Ein wichtiges Spiel, es entschied über die Teilnahme bei der Weltmeisterschaft im Sommer in Japan und Südkorea. Leo trank ein paar Bier, die Nationalmannschaft führte und plötzlich musste er zur Toilette. Kein Problem, in diesen neuen monströsen Stadien und auch kein Problem weil Leo sich heutzutage einen teuren Tribünenplatz leisten konnte. Das war nicht immer so und als er vor dem Pissbecken stand und es laufen ließ, fiel es ihm ein, so als sei es gestern gewesen, dabei waren es 32 Jahre her.

Es war das Länderspiel des Jahres 1969. Nicht nur wegen des Gegners Schottland, sondern weil es die Entscheidung für die Teilnahme an der Weltmeisterschaft im nächsten Jahr bringen würde. Ein Sieg musste her, unbedingt, sonst war‘s aus mit der Reise ins schöne Mexico!

Also wirklich ein Jahrhundertspiel und Leo hatte nur einen Stehplatz ergattern können. Daher leistete er sich einen Flug von Frankfurt nach Hamburg, um nur ja früh genug dort zu sein.

Vor Leo waren nur drei Leute im Stadion. Er betrat seinen Kurvenplatz, stieg die Stufen hinauf und hinab, ging nach links und nach rechts, um sich die Stelle mit der besten Aussicht zu suchen. Er fand sie in der Nähe der Betonmauer, welche die Stehplätze von der Tribüne trennt. Von dort hatte er einen Überblick über das ganze Feld, direkt vor ihm: ein Strafraum. Leo holte sein Taschenmesser raus, wie es Metzger üblicherweise mit sich tragen und markierte die Betonmauer mit einem X. Dann stieg er über den Wall zurück hinters Stadion und ging zum Bierstand. Gegen 16 Uhr, vier Stunden vor Spielbeginn, hatte Leo schon einiges getrunken. Insgesamt waren erst hundert Leute da. Plötzlich sah Leo acht olivgrüne Busse vorfahren. Es war aber nicht die Bereitschaftspolizei, sondern es waren Rekruten der Bundeswehr, die jetzt, wie lästige Ameisen in die Stehplatzkurve schwärmten.

Leo hatte auf einmal Angst um seinen Platz. Er nahm sich noch zwei große Becher Bier mit, bereit, die von ihm in die Mauer eingeritzte Platzreservierung um alles in der Welt zu verteidigen, notfalls auch gegen das Militär.

Die Soldaten machten ihm jedoch keine Konkurrenz. Am Kreuz in der Mauer standen drei von ihnen, einer stammte, wie Leo, aus Hessen. Leo lud die drei zum Bier ein. Das war sein Trick. Aufs Trinken wollte er nicht verzichten, aber auch nicht auf seinen mühsam erstandenen Platz. Das Bier zahlte er gerne, die Rekruten liefen für ihn. Jeder der drei Jungs hatte schon einmal Nachschub geholt, jetzt war der Hesse wieder an der Reihe. Es gab ein Jugendspiel im Vorprogramm und viele Zuschauer, besonders in der Stehplatzkurve, waren um diese Zeit, etwa eine Stunde vor Anstoß, bereits im Stadion. Wenn Leo sich umschaute, sah er eine immer dichter werdende Menschenmenge. Aber solange er noch erkennen konnte, dass dieser eine helle Jacke und jener einen dunklen Mantel trug, solange war das Stadion noch nicht voll. Erst wenn die Gesichter wie eine Mauer mit hellem Verputz aussahen, dann war's pickepackevoll.

Nach dem Hessen ging noch ein anderer Bier holen. Der moserte bereits, denn der Weg durch die Menge, besonders der Rückweg mit den vier vollen Bierbechern war kaum noch zu schaffen. Trotzdem machte er sich auf die Socken, weil alle, insbesondere Leo, noch Durst hatten.

Dann wurde es ruhig im Stadion. Die Nationalhymnen klangen auf und ab. Wie praktisch so ein Stehplatz, dachte Leo. Auf einen Sitzplatz hätt ich jetzt aufstehen müssen. Die Seiten wurden ausgelost, das Heer der Fotografen verließ das Spielfeld. Anstoß!

Jubel brauste durch die Luft. Alle skandierten „Deutschland, Deutschland". Auch Leo stimmte mit ein. Doch schon beim ersten Jubelschrei fühlte er einen kleinen Stich im Bauch, eine Art Seitenstechen, das er jedoch ignorierte. Aber nach einem Schuss der deutschen Mannschaft, der dicht über die Latte strich, als auch aus seinem Mund ein enttäuschtes Aaaahhh erklang, spürte er es wieder. Nanu, dachte er, doch dann wusste er Bescheid. Er musste pinkeln, und zwar dringend. Fünf Stunden waren es her, seit er seine Blase letztmals geleert hatte, seitdem waren mindestens acht oder gar neun halbe Liter Bier in seinem Bauch verschwunden. Kein Wunder! Leo schaute sich um, nach hinten oben. Da stand sie: Die erwartete Mauer, der helle Brei aus tausend Gesichtern! Er wusste, wenn er jetzt seinen Platz verließ, würde er ihn nie wieder einnehmen können. Soeben erschien der zweite Rekrut mit der letzten Runde. Zwanzig Minuten hatte er gebraucht um durchzukommen. Die Bierbecher, die er so hielt, dass in jedem zwei Finger steckten, waren nur noch halbvoll, der Rest im Gedränge der Menge verschütt' gegangen.

Nein, sagte Leo zu sich selbst. Da musst du durch. So lange hast du gewartet, jetzt kannst du auch noch die anderthalb Stunden bis zum Ende des Spiels warten. Aber seine Konzentration war weg. Immer, wenn er dem Spielgeschehen folgte, drückte die Blase und die wiederum drückte auf Leos Laune. Vor ihn hatten sich zwei ältere Fußballfans gestellt und quatschten die ganze Zeit dummen Zeugs, das war jedenfalls Leos Meinung. Es regte ihn auf, weil der eine dauernd rief: „Mensch wär doch der Wolter im Tor, Mensch wär doch der Wolter im Tor, der Meier kann doch nix". Auch für Leo war der Bayern Keeper Meier keineswegs erste Wahl, aber in diesem Moment fühlte er sich solidarisch mit dem Münchner. Leo spürte Unmut gegen die beiden aufkeimen, die Vorstufe großen Ärgers.

„Ihr habt doch keine Ahnung vom Fußball!", brüllte er ihnen ins Genick, denn mit dem Druck auf die Blase, stieg sein Zorn. Die beiden Männer gingen nicht auf Leo ein, sie beobachteten das Spiel. Das wollte Leo auch, allein, es gelang ihm nicht. Stets wenn sich auf dem Rasen etwas tat, tat sich auch was in seinem Bauch, zwickte, drückte, schmerzte, ja durchzuckte ihn wie ein Messerstich. Leos kam jetzt immer mieser drauf. Er schaute links die Betonmauer hinunter — 5 bis 6 Meter zu tief! Er drehte sich um und blickte in die „weiße Wand" der tausend Gesichter.

Nein nein nein, sagte er sich. Ich komme nicht von so weit her, bezahle so viel Geld und dann seh ich am Ende nix! Nein, abermals nein! Leo konnte noch nicht mal vor Erleichterung von einem Bein aufs andere treten, dafür war gar kein Platz und zu allem Überfluss begann die Menge jetzt auch noch zu schieben. Leo stemmte sich dagegen, vergeblich, er wurde nach vorne gedrückt, mit Bauch und Blase gegen den Hintern des Vordermann. Ein Schmerz durchzuckte Leo und die ersten kleinen Tropfen gingen in die Hose.

Da geschah zweierlei:

„Stan“ Libuda schoss ein Jahrhunderttor und ein leichter Regen setzte ein. Auf dem Rasen jubelten die deutschen Spieler und auf den Rängen wurden Schirme aufgespannt und Regenumhänge angezogen. Auch die beiden Männer vor Leo zogen ihre langen, gelben Gummimäntel an. Das Spiel ging weiter, ebenso der Regen, ebenso der Druck in Leos Blase. Hinzu kam die Wirkung des Alkohols. Wieder drückte ihn die Menge gegen einen der beiden gelben Männer und da konnte er es nicht mehr halten. Unter dem Johlen der Menge, den Anfeuerungsrufen der Fans, holte er hastig den kleinen Leo aus der Hose, legte ihn unbemerkt an den gelben Gummiüberhang und ließ sein Bierwasser laufen.

Ein unbeschreibliches Wonnegefühl überkam Leo. Er beobachtete, wie seine Pisse von der Unterkante des Mantels in den rechten Schuh des Wolter-Fans rann. Da verlagerte der Mann sein Gewicht von einem Bein aufs andere, sodass der Mantel eine neue Falte warf und nun auch im linken Schuh der Pegel stieg.

Unendlich erleichtert zog Leo den Reißverschluss seiner Hose hoch. Er hätte die ganze Welt umarmen können. Nun machte ihm das Spiel endlich Spaß und er hörte kaum hin, als der Mann vor ihm in den grauen Himmel schaute und sagte: „Für Ende Oktober ist das aber ein verdammt warmer Regen.“

Mehmet an der Rotlichtfront

Wer – Verdammt in alle Ewigkeit – gelesen hatte, dem drängten sich bei dem Anblick zwingende Vergleiche auf.

Wie vor Mrs. Kipfers Puff in Honolulu, am letzten Payday der US-Navy vor dem japanischen Angriff auf Pearl Harbour, so drängte sich auch vor der Tür und im Hof des Bordells „BADHAUS“ eine Horde überwiegend betrunkener Männer, schrien, lachten und gröhlten.

Taxifahrer schoben sich zwischen den Leuten hindurch, ihre Autos blockierten draußen die Durchfahrtsstraße. Jedes Mal, wenn die Tür aufging, um einen Gast zu entlassen, brachen Jubelschreie los und von hinten wurde gedrückt. Der verblüffte Gast, um Sperma, Schweiß und Kohle erleichtert, schreckte vor dieser undurchdringlich scheinenden Mauer zurück. Nur durch lautes Rufen und Bitten, Platz zu machen, sowie den vereinten Kräften Robbis und seines Chefs gelang es, dem Mann den Weg frei zu machen. Sofort drängten mehrere wartende Kunden hinein ins Sündenbabel.

»Es hat keinen Zweck!« rief der Chef. »Wir sind hoffnungslos überfüllt! Es gibt weder einen Garderobeschrank noch einen Platz für Sie, und erst recht kein Mädchen. Begreifen Sie doch...«

»Ich bin Taxifahrer, will sowieso nicht rein. Ich will nur meine 20 Mark Provision für den Gast, den ich gebracht habe.« - »Welchen Gast?«

»Na, der da draußen steht, oder meinen Sie, ich könnt‘ hier so lange warten, bis ihr ihn rein lasst?«

Der Chef schüttelte erst ablehnend den Kopf, aber dann sah er ein, dass die Taxifahrer bei Laune gehalten werden mussten, sollten sie weiterhin ihre Kunden zum BADHAUS bringen. »Gib mir ein Bündel Zwanziger«, rief er durchs Kassenfenster, dann stellte er den Fahrer zufrieden, öffnete die Tür und schrie über die Köpfe der Menge:

»Wer von euch ist Taxifahrer?«

»Hier! Ich!« Etliche Arme reckten sich in die Höhe. Gierige Hände wurden mit Zwanzigern versorgt. Fahrradfahrer und Fußgänger riefen ebenfalls »Hier!«, bekamen ihren Zwanziger, drehten ab und stellten sich hinten wieder an.

»Und dass ihr mir heute keine Gäste mehr bringt, nicht einen mehr! Wir sind ausgebucht.« Der Chef und sein Türsteher kriegten nur mit Mühe die Tür zu. Wieder war ein Schwarm hereingeschwappt.

»Es hat doch keinen Sinn«, appellierte er an ihr Verständnis, aber er drang nicht durch. Dabei handelte es sich weder um die amerikanische Armee, noch war Payday, wie damals in Honolulu vor Misses Kipfers Edelbordell. Es war einfach ein schöner, warmer Sommerabend und ...es war Messe. Die internationale Sanitär- und Heizungsmesse, kurz „Interklo" genannt.

Bei der Interklo und der Automobilausstellung kamen die meisten Puffbesucher in die Stadt. Es war kurz nach ein Uhr früh, fast alle Kneipen hatten geschlossen und zuvor die Bäuche von Installateuren und Fliesenlegern aus ganz Deutschland mit Bier und Apfelwein gefüllt. Nun gelüsteten die Männer nach mehr.

Im Untergeschoss des BADHAUS feierte das Tohuwabohu Fete. Die halbnackte Menge hing aufeinander wie bei römischen Massenringkämpfen im Zirkus Maximus. Tabakqualm, Alkoholdunst und der Schweiß vieler Körper ließen die Luft zu einem Brei werden, der an den Leibern von Männern und Frauen klebte. Die Klimaanlage war, ebenso wie die Kühlung, zusammengebrochen und die Getränke mittlerweile wärmer als die Dusche. Sämtliche Bottiche und Fässer im Saunabereich liefen über, so viele Kühlungssuchende auf einmal stürzten sich hinein, und das Wasser nahm eine Farbe an wie der Main unterhalb der Chemiewerke Höchst.

Der einzig ruhige Ort im ganzen Puff war die Sauna!

Die Mädchen arbeiteten so wild und schnell, dass der Gleitcremevorrat zur Neige ging. Der Begriff Quickie war verglichen mit dem, was sie leisteten, reine Zeitlupe. Alle Kabinen waren besetzt, draußen blockiert von wartenden Paaren, die sich beim Öffnen einer Tür sofort auf die noch warmen Lager warfen. Kaum Zeit, ein frisches Laken aufzuspannen. Wie gut, denn alle Betttücher waren verbraucht. So stand Barkeeper Hans vor dem großen Wäschekorb, holte die benutzten Laken wieder heraus und faltete sie, um sie erneut zu verwenden. Gegen drei Uhr brach das Abrechnungssystem zusammen. Zu viele der roten Rechnungskärtchen verschwanden im Durcheinander. Den einzigen Ausweg bot die Vorauszahlung. Das Mädchen musste mit seinem Gast zunächst an dessen Garderobe und das Geld holen, dann nach oben an die Kasse zum Bezahlen und schließlich durch das Gewühl wieder hinunter in den Keller.

So sehr das Durcheinander Chef und Bedienstete verwirrte, den Mädchen schien es zu gefallen. Hier konnte jetzt manche Mark nebenbei gemacht werden, zusätzlich zum rotierenden Geschäft. Christine schaffte es drei Stunden lang nicht, auf die Toilette zu gehen. Immer wenn sie aus der Kabine kam und Kurs aufs Klo nahm, wurde sie abgefangen und erneut mitgeschleppt. Um sechs Uhr morgens war der Kampf ums Fleisch zu Ende. Nachdem der letzte Gast verschwunden war, hingen die Mädchen wie Fallobst auf den Stühlen und machten sich so langsam auf dem Heimweg. Zur Dienstbesprechung saß der Rest der Mannschaft im Zimmer neben der Kasse. Alle andren Türen standen zum Lüften offen, und der Wäscher Mehmet schleppte Säcke voller Laken in den Keller des Vorderhauses, in dem die Waschmaschinen standen. In der Runde sah man nur ausgelaugte, gähnende Gesichter.

Der Chef stellte fest: »Wir müssen vermeiden, dass bei nur sechzig Spinden dreihundert Gäste eingelassen werden. Schaut euch um, wie‘s hier aussieht! Als hätte eine Horde Elefanten getobt.« Er machte eine Pause und ging hin und her. »Wir müssen die Taxizentrale informieren, keine Taxis mehr herzuschicken, wenn das Haus voll ist.«

»Das nützt nichts«, meinte Harri. »Glaubst du, die Fahrer halten sich daran? Jeder will doch die 20 Mark Provision für den Gast. Nur wenn wir die abschaffen, ginge es wahrscheinlich.«

Der Chef nickte vor sich hin und sagte: »Das können wir doch nicht machen, dann bringen sie die Gäste zur Konkurrenz.«

»Jemand müsste die Taxifahrer auf der Straße abfangen, ihnen mitteilen, dass wir überfüllt sind, und sie wegschicken. Wenn der Zulauf abgeflaut ist, können sie ihre Fahrgäste wieder bei uns abladen«, riet Hans.

Der Chef überlegte. »Keine schlechte Idee, einfach die

Taxis abwinken, wenn sie herkommen. Aber was machen wir mit dem Zwanziger? Schicken wir sie weg, ohne zu zahlen, werden sie sauer und bringen nie wieder einem Gast. Ich kann doch nicht zwanzig Mark Abschleppgebühr für einen Gast bezahlen, der gar nicht reinkommt. Nein, das geht nicht.«

Hans schlug vor: »Wenn der Laden voll ist, schicken wir die Taxifahrer weg und geben ihnen zehn Mark.« Keinem fiel etwas Besseres ein.

»Also gut, Hans«, sagte der Chef. »Es war deine Idee, du machst das heute Nacht!«

»Iiiiich?« wehrte Hans ab. »Das geht nicht. Ich lunger' nicht die ganze Nacht auf der Straße rum, außerdem, wenn unten Trubel ist, kann ich keine Minute weg. Lasst uns den Mehmet nehmen«, schlug er vor. »Meinst du denn, der checkt das?« fragte der Chef zweifelnd.

»Sicher«, nickte Hans, froh, der Sache entkommen zu sein.

»Ich sag ihm, was er zu tun hat.«

»Na gut. Frau Hellig, geben Sie dem Hans für tausend Mark Zehnmarkscheine, und du, Hans, gehst gleich rüber und machst das dem Mehmet klar.«

Der kleine Anatolier wohnte mit Frau und sieben Kindern im Vorderhaus und erledigte allerlei Dienste fürs BADHAUS wie Waschen, Straßenkehren, Leergut schleppen oder Fensterputzen. Er saß Hans im viel zu engen Wohnzimmer gegenüber, die Kinder wimmelten um sie herum, und Hans war genervt. Am liebsten hätte er Mehmet rüber ins BADHAUS bestellt, doch er wusste, dass Mehmets Frau das unmoralische Treiben dort ablehnte. Wenn er schon beim Wäscheholen nur in die Nähe des Eingangs geriet, lief sie ihm voller Misstrauen hinterher. Mehmet war Ende Dreißig. Trotz des vollen, dunklen Haares wirkte er durch sein zerfurchtes Gesicht wie ein Fünfzigjähriger. Zwanzig Jahre Landarbeit, als Kind begonnen, und zehn Jahre mieseste Jobs in Deutschland, die Verantwortung für eine große Familie und die Auseinandersetzungen mit seiner eifersüchtigen Frau hatten sich tief in sein Antlitz gegraben. Obwohl er die Türkei schon vor langer Zeit verlassen hatte, sprach und verstand er Deutsch nur bruchstückhaft. Hans benötigte Hände und Füße, um ihm zu erklären, worum es ging.

»Verstehst du?« fragte er immer wieder und Mehmet nickte immer wieder, obwohl er nichts verstand.

Er wusste nur: Es gab Geld zu verdienen und das war das wichtigste.

»Also das Ganze noch mal. Wenn ich dir sagen, heute Nacht ein Uhr rausgehen, Taxi wegschicken, du dann machen?« Mehmet nickte.

»Nicht vorher, du verstehen?« Mehmet nickte.

»Soll kein Gast mehr ins BADHAUS rein, so als wäre geschlossen, verstehst du?« Mehmet nickte.

»Hier, nimm!« Hans reichte ihm das Geldbündel.

»Das sind hundert Zehnmarkscheine. Jeder Taxifahrer, der einen Gast bringen will, bekommt zehn Mark von dir. Wenn das Geld nicht reicht, musst du an der Kasse neues holen. Kommst du aus, kannst du den Rest behalten, verstanden?« Mehmet nickte.

Was Mehmet wirklich verstanden hatte, war schwer nachzuvollziehen. Jedenfalls dachte er heftig über seinen Auftrag nach und traf einige Vorbereitungen.

Der Abend begann genau wie der vorige. Das BADHAUS füllte sich, nach Mitternacht herrschte der große Andrang. Mehmet saß, sehr zum Unmut seiner Frau, im Kassenhäuschen und wartete auf seinen Einsatz. In der Tasche seines Sonntagsanzuges steckte das Geldbündel. Ein Satz aus der Rede von Hans war besonders haften geblieben:

»Was übrigbleibt, kannst du behalten.«

Jedes Mal, wenn Hans nach oben an die Kasse kam, sprang Mehmet auf. Hans beruhigte ihn: »Noch nicht!«

Doch dann war es soweit. Mehmet warf sich in die Brust und ging hinaus auf die Straße. Seine Frau beugte sich aus dem Fenster und beobachtete ihn misstrauisch. »Alles in Ordnung, Sofia!« Er winkte fröhlich. Sie warf mit einem Krach das Fenster zu.

Im BADEAUS gab es reichlich zu tun, doch Mehmets Arbeit zeigte bald Wirkung. Kein Ansturm wie am Tag zuvor, der Betrieb schien eher nachzulassen. Gegen drei Uhr hingen nur noch zwei Gäste an der Bar herum, die bereits vor elf Uhr gekommen waren. Die Mädchen saßen aufgereiht wie eine Möbelausstellung. Die auf Masse eingestellte Klimaanlage brachte sie zum Frösteln, die Eismaschine warf laufend Klumpen aus, die nicht benötigt wurden, und einige Mädchen zog es gar in die Sauna. Um vier Uhr war das BADHAUS leer. Fast schon in Panik rief Frau Hellig den Chef an.

Der, aus dem Schlaf gerissen, kam herbei und lief mit geröteten Augen durch alle Räume. »Aber das ist doch nicht möglich! Heute ist doch die Interklo!« Er setzte sich an die Bar, trank ein Glas Wein und dachte nach. »Gib mir mal das Telefon!« Er wählte. »Fred? Wie ist das Geschäft bei dir? Was? Proppenvoll? Weißt du, wie's in der Ossietzkystraße läuft? Auch voll? Verdammt!« Er knallte den Hörer auf. »Hans, wo ist dieser Mehmet?« Hans zuckte zusammen. Den hatte er völlig vergessen.

»Irgendwo draußen auf der Straße!«

»Ich schau mich mal um«, sagte der Chef und ging hinaus.

Nachher kann man natürlich leicht die Schuld verteilen. Vielleicht hatte Mehmet wirklich falsch verstanden. Oder man hatte seine Geldgier unterschätzt? Jedenfalls dachte er keine Sekunde daran, einem Taxi für null Leistung auch nur eine Mark zu geben. Ihm, dem Türken, hatte noch niemand etwas geschenkt. Er würde seine Arbeit erledigen, ohne die Fahrer zu bezahlen.

Mit Hilfe eines Freundes und dessen Transporter hatte Mehmet von einer Baustelle drei rot-weiße Absperrböcke sowie ein Schild – Durchfahrt verboten – organisiert und alles nach ein Uhr auf der Zufahrtstraße aufgebaut. Den ersten Taxifahrern musste er noch radebrechend erklären:

»BADHAUS geschlossen«, wunderte sich, dass nach dem vierten oder fünften Taxi keines mehr kam, ahnte nicht, dass sich die Nachricht – BADHAUS geschlossen – über Funk verbreitet hatte wie die Beulenpest.

So saß Mehmet gut gelaunt auf den rotweißen Balken, freute sich, dass er gute Arbeit geleistet hatte, trank ab und zu einen Schluck Raki aus der Flasche und fasste immer wieder an das dicke Geldbündel in der Innentasche. Bis der Chef auftauchte. Mehmet rutschte von der Absperrung, ging lachend auf ihn zu und fragte: »Na, Chef, gut gemacht? Nix ein Taxi mehr kommen.«

Der Chef blickte versonnen auf die Absperrung, machte

eine müde Handbewegung, als wolle er sie damit wegräumen, murmelte: »Gigantisch, was ich so alles erleben darf!« drehte sich um, ging langsamen Schrittes aufs BADHAUS zu. Mit jedem Schritt pumpte er sich auf und sein Kopf wurde immer roter. Dann öffnete er die Tür und schrie ganz, ganz laut »HAAAAAAAANNS!«

Wir bleiben hier, wo wir sind!

Ein kalter Wintertag fror über der Stadt. Im BADHAUS, dem feinsten Puff der Stadt jedoch, beheizt und angefeuert, schlug die Stimmung hohe Wellen. Nur oben, im Kassenraum neben dem Eingang, war von der tobenden Betriebsamkeit nicht viel zu spüren. Lediglich der Einlass neuer Kunden unterbrach Frau Hellings Studien in einem Buch über Wertanlagen. Der Gong ertönte. Sie sah auf und drückte den Türöffner. Ihr prüfender Blick drang den Männern zwar nicht in die Herzen, aber treffsicher scannte sie deren Brieftaschen. Das Männerpaar vor dem kunstgeschmiedeten Kassengitter unterschied sich von der gewohnten Kundschaft. Zumindest einer der beiden. Er war höchstens achtzehn Jahre alt, trug eine modische Popperfrisur, einen auberginefarbenen Mohairpullover und eine farbgleiche Lederhose, unter der weiße Stiefelchen hervorschauten. An den Fingern jeder Hand und im rechten Ohr blitzten, trotz des Schummerlichts gut sichtbar, Brillanten auf. Die Gesichtszüge des Jungen waren weich, vermischt mit einem Schuss Arroganz. Der zweite Mann war klein und füllig. Er trug Brille und zeigte Glatze mit einer Souveränität, wie Amtsinhaber sie zuweilen ausstrahlen. Er war mit einem grauen Streifenanzug, weißem Hemd und silberfarbenem Schlips bekleidet. Seinen dunklen Wollmantel mit Fellfutter trug er lose über den Schultern , sodass er die Arme frei ließ.

Mit denen fuchtelte er nämlich herum.

»Mein Name ist Dr. Kniffler, kennen Sie mich?«

Frau Hellig sah auf. Menschen, die sich vorstellten, als müsse man sie kennen, schürten ihr Unbehagen. Angebliche Prominenz beeindruckte sie kein bisschen. Hier mussten alle zahlen! Selbst die deutsche Fußballnationalmannschaft, die ab und zu hier einlief wenn sie vor dem Abflug , Auslandsspiel eine Nacht in der Stadt verbrachte. Kurz gesagt, Herr Dr. Kniffler beeindruckte sie keineswegs.

»Ich bin der Stadtteilabgeordnete dieses Viertels. Sie müssen mich kennen! Haben Sie denn gestern im Fernsehen nicht die Diskussion um die neue Sperrgebietsverordnung verfolgt?«

Frau Hellig kannte ihn nicht. Aber sie horchte auf. Die neue Sperrgebietsverordnung hing wie ein Damoklesschwert über der gesamten Branche, ein Thema von hoher Brisanz also.

»Warten Sie«, bat sie, griff zum Telefon und wählte die Nummer des Hotels in Bayern, wo der Chef gerade zur Abmagerungskur weilte.

»Wissen Sie, wie spät es ist?« fragte eine müde Stimme.

»Ja, ja, Chef, aber es ist wichtig.«

»Was gibt's? Ist die Polizei im Laden?«

»Nein, die Polizei nicht, aber« Sie senkte ihre Stimme um ein Phon und sprach beschwörend weiter.

»... ein gewisser Dr. Kniffler, ein Politiker. Er sagt, er sei der zuständige Stadtteilabgeordnete.«

»Was will er?« fragte der Chef barsch.

»Ich weiß es nicht!«

»Holen Sie ihn mir an den Apparat!«

Frau Heilig winkte den Mann näher ans Gitter heran und reichte ihm den Hörer.

»Dr. Kniffler, Stadtverordneter!« meldete er sich.

»Was wollen Sie?« fragte der Chef. Der Politiker holte tief Luft und sprach so laut, dass er für die Entfernung nach Bayern keine Leitung benötigt hätte.

»Ich trete — entgegen dem Bürgermeister meiner eigenen Partei — NICHT für eine Veränderung der Sperrgebietsverordnung ein. Ich kämpfe dafür wie ein Löwe. Nein, nein, unser gemeinsamer Slogan ist: WIR BLEIBEN HIER, WO WIR SIND!« rief er pathetisch. »Das, nur das, wollte ich Sie wissen lassen.«

»In Ordnung!« sagte der Chef knapp.

»Geben Sie mir wieder die Dame an der Kasse!«

Frau Heilig flüsterte: »Ja, Chef?«

»Lassen Sie ihn rein, er will umsonst vögeln. Sagen Sie unten Bescheid. Alles, was er verlangt, geht auf Kosten des Hauses, auch die Mädchen, und sagen Sie ihm einen Gruß und ein paar Lobesworte für sein Engagement.« Er hängte ein.

Frau Heilig versuchte ihrem Zitronengesicht Freundlichkeit auszupressen und flötete: »Der Chef bedankt sich für Ihre politische Arbeit und Ihren Besuch. Sie sind eingeladen, den Betrieb kennenzulernen. Auf Kosten des Hauses selbstverständlich.« Zu den Worten reichte sie ihm vier Handtücher und schob zwei Spindschlüssel nach, die man mittels

Gummiband am Handgelenk befestigen konnte. Dr. Kniffler deutete eine Verbeugung an.

»Natürlich ist mein Interesse rein politischer Natur. Übrigens gilt das auch für meinen Begleiter, er ist mein Fahrer«, setzte er leise hinzu . Dann hob er die Stimme wieder an: »Die nach dem Krieg natürlich gewachsenen Vergnügungsviertel unserer Stadt dürfen nicht verändert werden. Das wäre, auch unter kriminalpolitischen Aspekten, denkbar ungünstig. Ich freue mich, in Ihrem Chef einen Verbündeten zu haben, und wiederhole nochmals unseren Wahlspruch ...« Er machte eine kleine Pause und warf dabei sein Gesicht in feierliche Falten: »WIR BLEIBEN HIER, WO WIR SIND!« Bedeutungsvoll nickend nahm er die Handtücher, drückte zwei davon seinem Begleiter in die Hand und drehte ab. »Wo ist denn der Umkleideraum?«

Seine Anwesenheit sprach sich in Windeseile herum. Ein Gast mit „Nullbon" war ein gern gesehener. Die Mädchen wussten, ein solcher Kunde scherte sich nicht darum, was bei ihm alles aufgeschrieben wurde, er zahlte eh nicht aus eigener Tasche. So verwunderte es nicht, dass der kleine Mann mit der Glatze in der Bar heftig umschwärmt war. Man kann sagen, er hielt Hof.

»Was möchten Sie trinken?« dienerte Harri, der Barkeeper.

»Was wollt ihr trinken«, gab der Politiker die Frage an seinen Begleiter und die Mädchen weiter.

»Champagner«, erwiderte sein hübscher Chauffeur.

»Dom Perignon oder Krug Vintage oder Röderer Kristall. Welche Marke führt ihr?«

»Sowohl als auch!« antwortete Harri frech. »Sie müssen sich schon entscheiden.« Der Hübsche sah Harri irritiert in die Augen und Harri dachte: »Mein Gott, ein Strichjunge, was will denn der bloß hier unten?«

»Gib uns Dom Perignon! Den anderen probieren wir später.«

Sieben Mädchen hatten sich um die beiden geschart, jede erhielt ein Glas. So musste Harri bereits zwei Flaschen öffnen, um alle Gläser zu füllen.

Kurz darauf folgten noch zwei Flaschen, dann wieder zwei. Eine Stunde verging, ehe Dr. Kniffler und sein Begleiter, von den Frauen gedrängt, erstmals die Kabinen aufsuchten.

Er zierte sich ein wenig, sprach dauernd von Milieustudien, aber die Mädchen waren sicher: Was er studieren wollte, besaßen sie. Cora und Jasmin begleiteten die beiden schließlich. Schon fünfzehn Minuten später waren alle zurück. Erneut wurde Champagner getrunken. Die Runde wurde lustiger, lauter, enthemmter. Zweimal noch gaben die beiden Männer einigen Mädchen Gelegenheit, Geld zu verdienen, ehe sie sich morgens gegen fünf total besoffen verabschiedeten. Dr. Kniffler breitete beide Arme aus, als wolle er alle Mädchen auf einmal umarmen und rief:

»WIR BLEIBEN HIER, WO WIR, SIND!«

Leiser fügte er hinzu: »Wir kommen wieder.« Seine nie erstellte Rechnung belief sich auf schlappe 2900 Mark.

Bereits in der nächsten Nacht standen die beiden erneut im Foyer des BADHAUS. Frau Hellig ließ sie ein, rief den Chef an, berichtete, und der sagte: »Lassen Sie ihn machen. In vier Tagen bin ich zurück, dann kümmere ich mich um ihn! Vielleicht wird er es auch bis dahin leid oder seine Frau fängt an, neugierige Fragen zu stellen. Lassen Sie's vorerst so laufen.«

Dr. Knifflers Frau schien nicht neugierig zu sein, denn er und sein Fahrer erschienen nun jede Nacht, und die Zechen summierten sich. Frau Heilig zuckte jedes Mal zusammen, wenn sich die Eingangstür öffnete und der Bariton des Politikers wie eine Trompete erschallte:

»WIR BLEIBEN HIER, WO WIR SIND!« Es war sein – Sesam öffne dich – für alle Türen des BADHAUS.

Als der Chef aus der Kur zurückkam, addierte er zunächst die Rechnungen. »Insgesamt fast sechzehntausend Mark«, jammerte Frau Heilig. Der Chef nickte.

»Wenn er's wert ist, ist es nicht zu viel. Aber ich bezweifle es. Seine Partei hat die Verordnung auch gegen den Widerstand der betroffenen Stadtteilpolitiker durchgebracht. Es liegt nur am Regierungspräsidenten, dass sie noch nicht in Kraft getreten ist. Ich werde heut Nacht mal mit ihm reden. Doch zunächst muss ich rausfinden, was mit dem Kerl los ist.« Er griff zum Telefon und recherchierte.

Das Ergebnis: Dr. Kniffler war wirklich Dr. Kniffler, er war wirklich Stadtverordneter, er war wirklich gegen die neue Sperrgebietsverordnung, aber ansonsten ein blasser Politiker mit geringer Chance, wiedergewählt zu werden. Er war nicht verheiratet, man munkelte, er sei schwul. Der Chef sortierte Dr. Knifflers Rechnungskärtchen, und sah sich die Kürzel der Mädchennamen an.

»Wer von denen ist heute hier?« Frau Heilig verglich mit der Anwesenheitsliste.

»Jasmin.«

Der Chef ging die Treppe hinab, fand Jasmin an der Bar. Er winkte sie zu sich.

»Jasmin, bitte, einen Moment. Es ist wegen dieses Politikers.« Jasmin rutschte unruhig hin und her und blickte zu Boden.

»Du hast wohl ein schlechtes Gewissen, weil du auf meine Kosten so hingelangt hast, wie? O.K., da sprechen wir noch drüber. Jetzt will ich wissen, was er in der Kabine mit euch anstellt. Nach meinen Informationen ist er schwul.«

Jasmin wand sich und sagte dann:

»Das glaub' ich auch.«

»Was hat er getrieben, ist er Bi?«

»Er macht nicht viel ...«

»Ja, was denn nun?« forderte der Chef. »Spuck's aus!«

»Nun ... er streichelt nur ein bisschen und spricht viel ... über Prostitution, seine Verantwortung, dass seine Partei und die Kirche die Sexualität zu eng sähen und so ... aber meistens schaut er zu, was der Kleine, der immer bei ihm ist, macht. Ich glaub', er kommt nur her, um dem Jungen einen Gefallen zu tun.«

Der Chef überlegte. Ab und zu jemandem einen Freifick zukommen zu lassen war eine Sache, das hier eine andere. Der Kerl hatte ihn im Verlauf einer Woche dreißig Mädchen bezahlen lassen, nur um seinen kleinen Freund bei der Stange zu halten. Was tun? Ihn rauswerfen? Konnte dieser Mensch ihm schaden? Das Problem sprach sich unter den Bediensteten des BADHAUS herum. Am frühen Abend meldete sich Friedel, ein schwuler Mittdreißiger, der seit Jahren routiniert und zufriedenstellend die Tagesschicht leitete. Wie überhaupt Homosexuelle besser mit der Arbeitssituation in einem solchen Betrieb zurechtkamen. Darum beschäftigte der Chef auch mit Vorliebe Homos. Für sie waren die Mädchen reizlos.

Feminine Tricks verfingen nicht, die waren ihnen oft selbst zu Eigen. Andererseits hatten sie für weibliche Sorgen tiefstes Verständnis, behandelten die Mädchen wie Ihresgleichen und wurden von diesen akzeptiert. Sie, fast alle irgendwann einmal auf dem Schwulenstrich gewesen, verstanden die Flucht der Frauen in Alkohol und andere Drogen als Reaktion auf ihr uneingestanden verkorkstes Leben.

Friedel war die beliebteste Beichtschwester. Gäste reizten ihn überhaupt nicht. Die meisten waren in seinen Augen erbärmliche Heteros, die im BADHAUS ihren Mangel an Selbstbewusstsein mit Geld und protzigem Gehabe ausglichen Er stand jetzt also beim Chef und erzählte:

»Ich hatte mich schon gewundert, dass der Kniffler sich auf einmal für Mädchen interessiert. Ich kenn‘ den Heinz! Letztes Jahr hab‘ ich ein Wochenende im Spessart mit ihm verbracht.«

»Ob er dich wiedererkennt?«

»Ganz sicher! Aber was, — wenn er mich nicht wiedererkennen will?«

»Vielleicht denkt er, wir sind so blöd und merken nicht, was mit ihm los ist? Wenn wir ihm klarmachen, was wir alles wissen, kommt er vielleicht nicht mehr. Politiker sind eitel. Äußert man Zweifel an ihrer Selbstdarstellung, drücken sie sich. Das ist unsere Chance. Wenn er diese Nacht kommt, ruf‘ ich dich an. Bleib telefonisch erreichbar!«

Dr. Kniffler und der Junge erschienen gegen zwei in der Nacht. Frau Hellig informierte den Chef, und der rief Friedel an. Sie fassten einen Plan, riefen einige Mädchen nach oben und weihten sie ein.

Jetzt erst betrat Friedel die Bar, als wolle er Harri ablösen. Kaum trafen sich die Blicke von Dr. Kniffler und Friedel, rief der entzückt: »Heinz! Du hier?!«

Dr. Kniffler wirkte verstört, doch Friedel gab ihm keine Chance. Er raste um die Bar, drückte die Mädchen beiseite und setzte sich neben den Politiker.

»Was machst du denn hier?« fragte er mit einem Seitenblick auf den Strichjungen.

»Das kann ich dich genauso fragen«, konterte Kniffler.

»Ich arbeite hier! Meist am Tag, heute mal nachts, weil es

Harri nicht gut geht.« Friedel legte den Arm um Heinz.

»Ich freu' mich, dich zu sehen. Warum hast du seit dem letzten Sommer nichts mehr von dir hören lassen?«

»Ach, weißt du ...« Knifflers Worte klangen gequält, sein Blick flatterte zu seinem Begleiter, um den sich die Mädchen schon geschart hatten.

»Na geh doch schon!« forderte Friedel den Jungen auf. »Du siehst doch, die Mädchen steh'n auf dich.« Christa und Janette zogen den Burschen vom Stuhl hoch. Dem schwante, dass irgendwas im Busch war. »Ich will noch ,ne Flasche Champagner«, rief er trotzig. Friedel nickte.

»Christa, nimm eine Flasche mit in die Kabine!« Der Junge zog ab, mehr gedrängt als aus freiem Willen, blickte über die Schulter zurück in Knifflers brennende, flehende Augen und ließ sich in den Aufzug bugsieren. Heinz Kniffler versuchte aufzustehen, den Blick auf den Gang geheftet, in dem die drei verschwunden waren, doch Friedel hielt ihn fest und drückte ihn auf die Bank zurück.

»Sehr verliebt?« fragte er.

Kniffler schwieg.

»Ich seh's dir an, aber, der will doch gar nichts von dir, außer dich ausnutzen. Auf so eine kleine, miese Type fährst du ab? Statt mit ihm zu Hause in deinem Bett zu liegen, musst du ihn mit Mädchen füttern! Und das in aller Öffentlichkeit. Weißt du, dass die Leute schon über dich lachen? Heinz, du bist doch wer, hast was zu verlieren. Nimm doch deinen Kopf und deinen Mumm zusammen, und wehr' dich!«

Heinz Kniffler sackte bei jedem Wort tiefer in sich zusammen. Schließlich lehnte er seinen Kopf an Friedels Schulter und begann leise zu weinen. Friedel schlang tröstend seine Arme um ihn. »Komm mit, hier seh'n dich zu viele Leute. Wir geh'n in eine Kabine. Wir geh'n in die Kabine neben deinem Kleinen. Mal hören, was er treibt!« Kniffler nickte traurig und folgte Friedel schleppenden Schrittes zum Aufzug.

Christa und Janette hörten die Nachbartür klappern, wussten um die Zuhörer und wurden aktiv. Sie hatten den Burschen auf die Liege platziert und manipulierten, eine oben, eine unten, an ihm herum. Christa reichte ihm den Champagner.

»Hier, trink aus der Flasche wie ein richtiger Mann!«

Der Junge nahm die Pulle, setzte sie an und schluckte bis sie leer war. »Leer!« sagte er und warf sie zu Boden. »Meint ihr, weil ich mit so ‚ner alten schwulen Schachtel rum lauf‘, sei ich kein Mann?«

»Doch, doch«, beruhigte Christa ihn, »mein Gott, wie kräftig du, bist! Mich wundert, dass Janette überhaupt damit fertig wird! Aber sag mir, warum läufste denn mit dem Alten rum, wenn du nicht schwul bist?«

»Ist doch klar, der hat Kohle. Ich brauch‘ sein Geld. Meinste, sowas hier könnt‘ ich mir leisten?«

»Und deshalb pennste Nacht für Nacht mit so ‚nem alten Knacker?« Christa lauerte auf die Antwort, doch die bewies, dass der Junge nicht dumm und noch nicht total betrunken war.

»Du hast es gerade nötig. Du machst doch auch nichts anderes. O.K., es macht mir keinen Spaß, und manchmal könnt‘ ich kotzen, aber euch geht‘s doch genauso. Also komm, hör auf zu quatschen, lass uns lieber vögeln.«

Friedel und der Politiker verließen leise die Nachbarkabine. Was Dr. Kniffler gerade gehört hatte, machte ihn nachdenklich.

»Ich gehe!« sagte er entschlossen. Friedel begleitete ihn zum Spind und dann zum Ausgang.

»Was wird aus dem Kleinen?«

»Das lass meine Sorge sein. Tschüss, Heinz, ruf mal an.«

Friedel klopfte an die Kabinentür. Christa öffnete, und als die Mädchen Friedel erkannten, schlüpften sie aus dem Raum.

»Was soll das, warum störst du?« brauste der Junge auf.

»Ich bin noch nicht fertig, noch lange nicht!«

»Zwischenrechnung!« forderte Friedel.

»Wende dich an den Heinz!«

»Der Heinz ist gegangen. Du hast ‚ne ziemliche Latte zu zahlen.«

Der Junge begriff und begriff doch nicht. »Ich glaub‘ nicht, dass Heinz ohne mich weg ist.«

Er wickelte sein Saunatuch um die Hüften und rauschte an Friedel vorbei, runter in die Bar, lief in die Sauna, schaute in den Duschen nach. Dann stand er oben an der Kasse.

»O.K., er ist weg. Was jetzt?« Seine listigen Augen flitzten hin und her. Er zeigte nicht die geringste Angst, sondern bewies, dass er in seinem bisherigen Leben schon in schlimmeren Klemmen gesteckt hatte.

»Vierhundert Mark, bitte«, forderte Frau Hellig.

»Hab‘ kein Geld!«

»Ziehen Sie sich an!«

»Und dann?«

»Ziehen Sie sich an!« Der Junge kleidete sich an.

Frau Hellig drückte den Türöffner. »Da hinaus!«,

»Ist das alles?« Der Junge grinste, rief von draußen:

»Werd‘ den Laden weiterempfehlen!« und lief die Stufen hinab zum Ausgang.

Friedel zog seine Jacke an, bestellte sein Stammtaxi, trat auf die Straße und traute seinen Augen nicht: Da standen Dr. Kniffler und der Junge heftig diskutierend auf der gegenüberliegenden Straßenseite. Endlich gelang es Dr. Kniffler, die Schimpfkanonade des Kleinen zu beenden. Er griff nach dessen Hand, winkte ein Taxi herbei, sie stiegen ein.

Als Friedels Wagen kam, bat er den Fahrer: »Willi, kannst du mal feststellen, wohin das Taxi Nr. 451 fährt, das vor drei Minuten zwei Männer am BADHAUS aufgenommen hat?«

Willi sprach ins Mikrofon, das Ergebnis scholl aus dem Lautsprecher: »Sauna 3000.«

Friedel lehnte sich zurück und lachte:

»Jetzt muss die Konkurrenz bluten!«

Nur vom Feinsten

Das Restaurant nahe Frankfurt kannte ich nur vom Hörensagen. Was man hörte, klang allerdings beachtlich:

Die täglich neu und von Hand geschriebene Speisekarte weise keine Preise aus, und wer dort noch nicht Gast gewesen sei, habe von erstklassiger italienischer Küche so wenig Ahnung wie ein Preuße von der Weißwurst. Ein Freund hat mir das erzählt, er selbst war jedoch auch noch nicht dort gewesen, »zu teuer«.

Ich komme viel zu früh in das Lokal. Ich zähle acht leere Tische, dekoriert mit umgestülpten Gläsern (für jeden Platz drei), tonnenweise Silberbesteck, Damast-Servietten und »Riservato«- Schildchen. Im Gang zur Küche eingepfercht: 16 Kellner (zwei für jeden Tisch), alle in schwarzer Hose, weißem Hemd und lang geschürzt. Gut gelaunt polieren sie Kristallaschenbecher und Gläser, bis sie mich endlich bemerken.

Das Geschnatter bricht ab, ihre Blicke ruhen auf mir. Irgendetwas muss ihr Missfallen erregt haben. Dabei sind meine Turnschuhe und Jeans zwar verschlissen, aber sauber, mein Shirt ist frisch gewaschen. Nur meine Umhängetasche, in der ich meine Texte transportiere, wenn ich zu Lesungen geladen bin, wirkt etwas schäbig. »Suchen Sie jemanden?« fragt mich ein Kellner und mustert mich misstrauisch. Ich stottere den Namen Jens heraus, mehr ist nicht nötig. Sesam, öffne dich.

Eine wundersame Wandlung geschieht. die Gesichter der Männer strahlen vor Freundlichkeit, die Luft ist voll italienischer Wohllaute. Wie singende Gondoliere begleiten mich zwei Kellner zu einem großen Tisch mitten im Raum, stellen die Weingläser auf die Füße. Im Nu steht warmes Brot vor mir, Knoblauch- und gesalzene Butter, eine Scheibe aus der Gänseleberterrine — fatta in casa — und auch ein Glas Champagner.

Eine Stunde später ist der Laden brechend voll. Alle Gäste wurden mit Namen begrüßt, auch wenn's für die italienischen Zungen noch so schwierig war. Das »Buona sera, Signora e Signor Schrumpfenberger« kam jedenfalls mühelos über ihre

Lippen. Dennoch tun die Kellner dann so, als sprächen sie kein Deutsch. Und die deutschen Gäste tun so, als verstünden sie alles. Die Karte mit den fehlenden Preisen gibt es übrigens nicht, ich sehe nämlich überhaupt keine Karte. Die Leute essen, was ihnen empfohlen wird. Entweder weil's »fresco« sein soll, oder, was die Kellner nicht sagen, weil's raus muss.

Seit sechs Wochen kenne ich das Lokal nun. Schuld daran ist mein neuer Freund Jens. Jens Littmann, Vermögensberater, rief mich eines Tages an, stellte sich vor, sagte, er habe alle meine Bücher gelesen und quäle sich mit einem Problem, das ich aus der Welt schaffen könne. Seit Jahren, verriet er mir, bewirte er zweimal pro Woche seine zukünftigen Kunden in Deutschlands Gourmet-Tempeln. Nun sei ihm der Gesprächsstoff ausgegangen. »Komm doch einfach mit und mach eine Lesung im feinen Kreis.«

Ich sagte zu. In die feinen Kreise wollte ich immer schon mal. Als Normalbürger kriegt man ja selten Gelegenheit dazu. Die tagen und tafeln doch unter Ausschluss der Öffentlichkeit: in den Senator Lounges der Airports, in der Ersten Flugzeugklasse vorn, oder eben in jenen 30 bis 40 deutschen Futterkrippen, wo man — ohne unbedingt satt zu werden — für ein Zweipersonen-Menu so viel hinlegen muss wie in der Dorfschenke für ein viergängiges Hochzeitsmahl mit 20 Gästen.

Die Preise müssen gesalzen sein, sagen Wirt und Gast. Der eine findet seine Show- und Kochkunst nur so annähernd honoriert, die anderen zahlen gern, um den Kreis der Exklusivität klein zu halten. Hauptsache, man gehört dazu. Höhepunkt des Abends sind dann auch weniger Lammfilet. Sorbet oder der 45er Lafite-Rothschild, auf den ich noch zu sprechen komme, sondern die persönliche Aufwartung des Wirts — auch Chef oder Padrone genannt — am Tisch.

Vorausgesetzt, er ist anwesend, was immer seltener vorkommt. Meist sind sie woanders engagiert: auf Talkshows, Kochshows, Auslandsreisen, auf Kanzlerfesten oder in den Restaurants der Konkurrenz, wo gütig nickend nicht mit Lob gespart, aber hinter vorgehaltener Hand umso schamloser gelästert wird. Überhaupt, so wundere ich mich schon, warum sind manche Wirte noch spät abends anwesend, wenn sie ja, wie ich der Fachpresse entnehme, täglich morgens um fünf in Großmarkthallen stehen und persönlich ihre Nase in Pilzkörbe und Salatköpfe stecken?

Unser Padrone fasst Jens am Arm, neigt sich an dessen Ohr und flüstert so laut, dass es alle hören: »Jens, du glaubst es nicht!« Jens will es glauben, aber der Wirt pausiert geschickt, trinkt sein Glas leer, schenkt nach und schnalzt mit der Zunge. »Mein Aufkäufer in Südfrankreich . . .« Wieder Pause, wieder ein Schluck Wein, die Spannung steigt. Alle Augen hängen an den Lippen des Wirts. »Tief im Berg, vierte Kelleretage, voller Staub und Spinnweben, findet der Kerl doch ein vergessenes Fass Cognac. Ich sage dir, 80 Jahre alt!« — »Was? Ohhhh? Ahhh!! Her damit!«

Der Chef wiegelt ab. »Natürlich habe ich ihn auf Flaschen ziehen lassen — aber . . . ich wollte ihn eigentlich nur zu besonderen Anlässen hier ausschenken.« Jens sieht sich in der Tischrunde um. Wir sind acht Personen. Jens bestellt: »Acht Flaschen, wenn du mir die nicht verkaufst, bin ich dir ernsthaft böse.« Der Padrone flüstert nun wirklich. »Kosten 500 pro Flasche.« — »Her damit, acht Stück.« Da der Hausherr nicht will, dass Jens ernsthaft böse wird, gibt er dem Kellermeister einen Wink, und Minuten später bringt er die Flaschen.

Der Wirt steht auf, verabschiedet sich und setzt am übernächsten Tisch seine Verkaufstour fort. Unser Gespräch kehrt zum Alltäglichen zurück. Über was wird bei vorzüglicher Speise geredet? Natürlich übers Essen, aber nicht über das. was auf dem Tisch vor uns steht. Jetzt geht's ans Eingemachte. Auch am Nachbartisch, wo ich mit dem anderen Ohr spioniere: Natürlich sind alle mit ihrem Moneymakerjob zufrieden. Aber glücklich? Nein. Alle wären lieber Koch, Metzger, Bäcker, Konditor oder Bauer in der Toskana. Scholle, Erde, Fleisch und Brot. Natürlich sind sie erstklassige Hobbyköche, aber der Job lässt's leider nicht oft zu, deshalb sitze man hier.

Bei uns werden jetzt Vorschläge fürs nächste Geschäftsessen diskutiert: Rom, Wien, Madrid, ja Madrid, sei sehr gut geworden, so um die Plaza Santa Ana herum gebe es mehr kulinarische Highlights als in ganz Deutschland. Oder lieber ins Elsass, da sei das Kraut am besten. Nur nicht zu Bocuse, diesem Übeltäter, der verarbeite eigene Konserven, von wegen alles frisch auf den Tisch. Einer am Nachbartisch sagt, nach einem Essen bei Eckart habe ihn noch so der Hunger geplagt, dass er ihn bei Käfer mit einer ganzen Ente habe beseitigen müssen.

Meine Lesungen zeigen nur wenig Wirkung. So ekelhaft die Geschichten auch sind, die ich zum Vortrag ausgewählt habe, keinem bleibt der Bissen im Halse stecken. Das einzige, was den Leuten hier am Tisch wirklich imponiert: Wie bringt es der Wirt fertig, mit ein paar Keniaböhnchen, einem winzigen Stück Loup de Mer und acht Pfifferlingen 500 Mark Umsatz zu machen. Fünfhundert, inklusive Wein, habe ich ausgerechnet, ist so ungefähr der Schnitt für ein übliches Geschäftsessen, pro Person, versteht sich.

Hui, wie bin ich da neulich ins Fettnäpfchen getreten, als ich einen Freund mitbrachte, der auch mal gut essen sollte. Leider brachte der für die Preise keinerlei Verständnis auf, wollte einfach nicht begreifen, dass es an diesem Abend nicht nur frische Pfifferlinge, Seeteufel, Lammrücken, Gratinkartoffeln und frische Erdbeeren in Marsalawein gab, sondern dass eben auch die Mühe des Chefs finanziell belohnt werden musste. Hat der doch alles selbst eingekauft und zubereitet.

Mich selbst hat anfangs nur irritiert, dass jeder Kellner die Ware so anbietet, als sei er der Chef persönlich: »Ich habe heute . . . Und dann habe ich noch . . . Das hab‘ ich leider nicht…«

Auch der Schankkellner, erkennbar an dem Silberpfännchen, das ihm wie das Bundesverdienstkreuz um den Hals hängt, scheint den Weinbestand im Keller als sein Eigentum zu verhökern. »Ich habe noch eine besondere Flasche, nur für Sie . . .« Für den läppischen Fünfhunderter ist der Wein natürlich nicht vom Besten, da gibt‘s höchstens einen guten Beaujolais. Dafür schlagen sie am Nachbartisch zu und lassen sich den sagenumwobenen 45er Lafite-Rothschild servieren.

»Den habe ich für Herrn Konsul und werte Frau Gemahlin persönlich reserviert«, höre ich den Schankkellner sagen.

In meinen sechswöchigen Umtrieben im Reiche des Guten habe ich solche Situationen zu oft erlebt und frage mich:

Wo kommt nur all dieser 45er Lafite-Rothschild her? Aber egal. Ich hoffe, dass meine Tischnachbarn, die Manager, Autogroßhändler, Schauspieler, Steuerverkürzerberater, Immobilienhaie, Politiker, Filmproduzenten, Warenterminbetrüger, Wirtschaftsanwälte, Eminenzen und Exzellenzen nichts dagegen haben, dass auch ein armer Buchautor seinen ungeschulten Magen zuweilen hier verwöhnen lässt. Immerhin bin ich ja —wie die meisten im Lokal — eingeladen. Am nächsten Morgen stehen nämlich alle an der Spesenkasse und lassen sich den Beleg des »Geschäftsessens« wieder in Bargeld umtauschen.

Bahnhofsviertel

Das erste Mal und Maus und Katz

Natürlich hatten wir vom Frankfurter Bahnhofsviertel auch in meiner Kleinstadt gehört. Es hatte einen Ruf wie Donnerhall! Die exotischen Geschichten von Nutten, Amis und verruchten Bars wurden hinter vorgehaltener Hand erzählt und fleißig weitergesponnen, meist von denen, die alles auch nur vom Hörensagen kannten.

Aber irgendwas musste doch dran sein, an den Stories von den wilden Jungs und den leichten Mädchen? Die besten und heißesten Frauen des Landes sollte es dort geben, noch besser als die auf der Reeperbahn.

Dass die meisten in unserer Stadt weder den einen, noch den anderen Ort wirklich kannten war egal, alles wurde geglaubt und sehnsüchtig gewünscht.

Die fitten Halbstarken bei uns, die Jungs mit der Elvistolle, den Lederjacken und den Jeans, also die, die schon mal von der Polizei beim Autoklau erwischt worden waren oder im Polizeiarrest oder gar im Jugendgefängnis gesessen hatten, schwärmten geradezu von Frankfurts Milieuaura.

Zum Beispiel war die Legende der Sozialhure einfach nicht auszumerzen. Immer, so hieß es, wenn ein Mann aus dem Knast oder ein Jugendlicher aus dem Heim entlassen wurde, durfte er, nach Vorzeigen des Entlassungsscheines, eine ganze Nacht umsonst ficken! Ein Antrieb für viele, endlich mal verhaftet zu werden.

Eines Tages machte ein Stoß schwarzweißer Pornofotos die Runde, der angeblich aus Frankfurt stammte, und etliche nackte Frauen in anzüglichen Positionen zeigten. Wir Jungs suchten uns die Frauen aus, die uns am besten geeignet schienen, unseren riesigen Sexhunger zu stillen. Die mit dem größten Bär, einem Schamhaar vom Bauchnabel abwärts bis zum halben Oberschenkel, oder die mit der größten Brust und den längsten Nippeln. Und wir waren ganz sicher, wenn wir erst nach Frankfurt kämen, würden diese Frauen uns sofort zur Verfügung stehen. Aber irgendwie kamen wir alle nicht nach Frankfurt, und so wuchs die Sehnsucht im gleichen Maße wie die Wunschvorstellung.

Wir schrieben das Jahr 1959 und um die 500 ccm Motorradweltmeisterschaft stritten sich John Surtees und Giaccomo Agostini auf ihren vier Zylinder MV Agustas. Jenem italienischen Motorrad, das, wenige Jahre später, von den Japanern komplett kopiert, als erste Vierzylinder-Straßenmaschine der Welt Riesenerfolge feiern sollte.

Ein wichtiges Rennen „den großen Preis von Deutschland" gab es in Hockenheim. Ich war fünfzehn Jahre alt und wollte unbedingt dorthin. Und etwa in der Mitte zwischen unserer Kleinstadt und Hockenheim liegt Frankfurt. Und das Bahnhofsviertel! Es ergab sich auch, weil der Fahrer, der mich an der Autobahnauffahrt Siegburg in seinen Wagen lud, beruflich nach Frankfurt musste. Frankfurt war mehr als die Hälfte der Strecke und, so war ich sicher, auch die restlichen 120 Kilometer bis Hockenheim per Anhalter zu schaffen, auch wenn ich zuvor das Bahnhofsviertel kennen gelernt und erkundet hatte!

Ich besaß 10 Mark in bar. 5 Mark davon waren für den Eintritt irgendwo an der Rennstrecke im Wald vorgesehen, der Rest sollte reichen, um sich ein paar Brötchen und ne Cola zu leisten. Eine Cola kostete bei uns in der Kneipe 60 Pfennig. Ich durfte also eigentlich nichts von den 10 Mark ausgeben. Das Erlebnis Bahnhofsviertel musste preiswert erkauft werden.

Mein „Fahrer" fuhr Frankfurt Süd runter und überquerte auf meinen Wusch noch die Friedensbrücke, um mich genau am Bahnhof abzusetzen.

Das schöne Gebäude fiel mir kaum auf, denn ich stürzte mich sofort in die Kaiserstrasse. Es war Wahnsinn! Horden von Menschen auf den Strassen wie bei uns auf der Kirmes. Es war Wochenende und die Amis hatten dienstfrei.

Ich schob mich in der Menge die Straße hinauf und wieder hinab. Bunte Bar- Schilder und Frauen mit eindeutig einladenden Gesten versuchten den Menschenstrom in ihr Lokal, in ihr Haus zu dirigieren.

Ich glaube, damals wusste ich nicht wirklich, was nun eine Bar und was ein Bordell ist, aber das war auch egal. Ich bin voll auf alles abgefahren. Alle drei Meter wurde ich angesprochen, Zigaretten? 20 Lucky Strike für 1 Mark! Günstig.

1 Päckchen Kaugummi für 10 Pfennig. Geschenkt!

Aber auch Armbanduhren gab es im Angebot, einer der Händler trug gleich 20 Stück an seinen Armen bis hoch zu den Ellbogen.

Frauen, die ihr Alter und die Hässlichkeit überschminkt hatten, standen fragend wartend im Gewühl, wurden dann aber wieder von den Mädchen vor den Bars angepöbelt und weggeschickt.

Eine stinkbesoffene Hyperblondine schubsten die Bargirls derart aggressiv, dass sie stolperte und in den Rinnstein fiel. Ihre Nylons zeigten an den Knien große Löcher und Laufmaschen. Lautes Gejohle brachte sie zum Aufstehen, sie wankte, Fäuste schüttelnd, auf den Bar Eingang zu, drehte dann aber ab, hockte sich hin und kotze auf den Bürgersteig. Das wollte ich nicht sehen.

Ich ging weiter und schaute mir die Amis an, Amis immer wieder Amis, in Uniform, aber auch in Zivil, sogar für mich als Nicht-Frankfurter gut zu erkennen. Ich lief das gesamte Bahnhofsviertel Kaiser-, Mosel-, Elbestrasse rauf und runter, sah diesem oder jenem Paar hinterher, das sich, frisch verabredet, in den gammeligen Hotelflur verdrückte und meine Phantasie ging mit ihnen die Treppen rauf. Ins Zimmer, ins Bad, wenn es denn eines gab, ausziehen, ganz nackt und dann ... Mein Kopf tat weh vor lauter phantasieren.

Dann stand ich vor einer Bar, die gar nicht Bar hieß sondern Fischer Stuben. Ab und zu öffnete sich die große Tür und ich sah viele Menschen. Es war noch heller Tag und drinnen spielte eine Band. Ich traute mich nicht rein, ging ums Eck und war überrascht, erneut vor einem großen Eingang der gleichen Fischer Stuben zu stehen. Eine Gruppe Amerikaner schien uneins, sie hielten, ob der Frage reingehen oder nicht, die Tür auf und ich sah, etwa 20 Meter entfernt an der Rückwand des vollen Lokals, eine halbnackte Frau auf einer Bühne. Striptease. Na klar. Hatte ich schon viel von gehört. Die Tür fiel zu, die Amis gingen nicht rein aber ich.

Drinnen war es angenehm dunkel. Von der linken Seite dröhnte der Sound der 50 Meter entfernten Band und die Frau versuchte sich irgendwie dem Rhythmus anzupassen. Sie trug ein kleines Höschen und spielte mit einem bunten Schal.

Später erfuhr ich, dass so was Federboa heißt. Damit fuhr sie über ihren ganzen Körper und ich bekam große Augen und heiße Ohren und nicht nur das.

Ich hätte Stunden dort stehen und zuschauen können, hätte mich nicht der penetrante Ruf einer Frau gestört, die mich immer mit „He Kleiner, he, hör doch, was trinkste?“ ansprach. Schließlich konnte ich nicht länger so tun als höre ich sie nicht und drehte mich zu ihr um.

Gleich neben der Tür war eine kleine Bar. Sie stand hinter dem Tresen und schaute mich fordernd an. „Das ist kein Wartesaal. Was willst du trinken? Biste überhaupt schon alt genug?“

Um die Diskussion über mein Alter gar nicht erst anzufangen, tat ich, als sei das alles für mich alltäglich. Vermeintlich lässig rief ich: „Ne Cola.“

Die Dame schüttelte den Kopf. „Gibt's nur in Verbindung.“

Verbindung? Was sollte das denn bedeuten? Ich tat, als wisse ich es und nickte. „Okay“, rief ich gönnerisch und wandte mich wieder zur Tänzerin. Die klaubte eben ihren BH vom Boden und verschwand durch die Gästereihen nach hinten, von vielen Augenpaaren süchtig verfolgt. Einige Männer wagten es gar, sie im Vorbeigehen anzufassen, aber sie verteilte, lächelnd, rechts und links Klapse. Es kam nicht gleich die neue Tänzerin und irgendwie fühlte ich den Blick der Bardame im Rücken. Daher ging ich mutig zu ihr hin. Vor mir stand ein Glas Cola mit einer Zitronenscheibe. War das die Verbindung? Ich nickte einver-ständlich und griff zum Glas, während sie die Hand ausstreckte. „6 Mark 60.“

Ich kriegte einen Riesenschock. Sie schaute mich durchdringend an. Mir fiel das Herz in die Hose. Sie sah mein Erstaunen und wurde ernst. „Was ist?“, fragte sie und streckte mir die Hand noch näher entgegen.

Ich schluckte und räusperte mich, damit die Stimme zurückkam. „6.60 für ne Cola?“, fragte ich. Aber sie schüttelte den Kopf. „Cola ´ne Mark, Cognac 5 Mark und 10 Prozent Bedienung macht 6.60. Nun komm schon rüber mit der Kohle oder soll ich den Rausschmeißer holen?“

Sie deutete auf einen nicht eben kleinen Kerl mit dummem Gesicht aber dicken Muskeln. „Weshalb“, fragte ich, um meine Idee zu überspielen, die Zahlung zu verweigern und zu türmen. Wenn ich das bezahlte, konnte ich Hockenheim vergessen, oder?

Der Rausschmeißer näherte sich tatsächlich und ich zog schnell meinen einzigen Zehnmarkschein aus der Tasche und legte ihn in ihre gierige Hand. Sie schloss die Faust, mein Zehner war weg. Sie wartete. Ich auch. Dann öffnete sie langsam eine Kellnertasche und suchte und suchte bis sie mir, sehr klein, das Wechselgeld auf die Theke legte. „Kein Tipp?“, fragte sie frech. Ich wusste nicht was „Tipp“ war, aber ich schüttelte trotzdem den Kopf. Drei Vierzig in Groschen. Ich zählte nach. Scheiße. Aber was soll's. Jetzt aber ran.

Eine neue Tänzerin erklomm die Bühne. Ich griff zu meiner „Cola mit“ und stellte mich in Position. Die Frau tat, als sei sie ein Cowgirl, trug Stiefel, einen breitkrempigen Hut, ein Fransenblüschen und sie hatte ein Lasso in der Hand. Sie zog sich für meine Begriffe viel zu langsam aus und tat auch noch, als könne sie singen. Die Amis, die meisten Gäste waren Soldaten, begannen zu lachen und zu reklamieren. Die Frau sang schneller und schriller, zog sich aber aus, und war ganz schön dürr, fand ich. Das schien auch den Soldanten nicht zu gefallen und einer schüttete sein Bierglas in ihre Richtung. Andere johlten.

Die Frau war genervt, hob ihre Klamotten auf und wollte abbrechen, als auch andere mit Bier schütteten. Der Rausschmeißer, jener mit dem ich bedroht wurde, ging durch die Menge, um der Frau aus dem Gewühl zu helfen, aber irgendeiner der Soldaten stellte ihm mutig ein Bein. Der Koloss stolperte wurde wütend und das wurde dem Beinsteller zum Verhängnis, denn der Kräftige prügelte ihn mit wenigen Schlägen nieder. Nun standen seine Freunde auf, wollten helfen und innerhalb weniger Sekunden war ich mitten in einer dicken Schlägerei. So was kannte ich. Zu jeder Kirmes schlugen sich die Bauernburschen nach dem fünften Bier die Zähne ein. Auch hier wusste bald keiner mehr wer Freund und Feind war, bis die Tür aufflog und die MP rein kam. Es gelang mir, als die ersten vier mit der weißen Armbinde und der Aufschrift „MP“ das Lokal betraten, hinaus zu schlüpfen, ohne in die Fänge der draußen wartenden anderen Vierergruppe zu fallen. Die bauten sich hier neben dem Eingang auf, hielten lange Holzknüppel in der Hand und warteten, was wohl aus der Tür kam. Und da kam einiges. Gelaufen, gekrochen oder geworfen. Egal wie. Sie bekamen draußen nochmals die Knüppel auf die Schädel geschlagen und wurden von zwei anderen MP Bindenträgern in einen großen, grünen Militärkombi geworfen. Als so etwa zehn Mann drin lagen, warf ein MP die Heckklappe zu. Ein Bein hing dazwischen und brach mit lautem Knacken. Der MP trat gegen das Bein, es verschwand nach drinnen, und die Klappe flog zu. Der Wagen fuhr ab, der nächste vor. Klappe auf, Soldaten reingeworfen- und geschlagen, zugeklappt, ab. Das alles in einer affenartigen Geschwindigkeit und Perfektion. Ich muss schon sagen, ich war selten so beeindruckt.

Dann war der Spuk vorbei, ich ging wieder in die Fischer Stuben, die sich erneut füllten, als hätten alle nur darauf gewartet, dass die Militärpolizei die Plätze frei prügelt. Mein Drink war verschwunden und nicht mehr zu finden. Die Bardame schaute mich schon wieder verdächtig fordernd an. Sicher wollte sie wieder „Cola mit“ verkaufen. Ich beschloss, genug gesehen zu haben. Davon konnte ich Stunden, ach was sag ich, tagelang in meiner Kleinstadt erzählen.

Ich kaufte mir für 3 Groschen Kaugummi, fand einen freundlichen Autofahrer, der sagte, er wolle nach Karlsruhe, mir aber schon nach einem Kilometer an den Hosenstall fasste, so dass ich ihm eine scheuerte, ausstieg und zu Fuß zur Auffahrt Süd pilgerte. Über Darmstadt und Mannheim kam ich spätabends nach Hockenheim, stieg im Dunkeln über einen Zaun und sparte den Eintritt.

Ich glaube John Surtees hat gewonnen, aber genau weiß ich das nicht mehr.

Was aber im Bahnhofsviertel geschah, das weiß ich noch heute bis auf jede Kleinigkeit. Selbst das hohle Geräusch der auf den Köpfen landenden Holzknüppel bleibt ein Leben lang in meinem Ohr. 13 Jahre später zog ich dorthin, an den Main. Und wieder 13 Jahre später, Mitte der achtziger Jahre, passierten in Frankfurt die Dinge, die mich animierten, wiederum sieben Jahre später ein Filmdrehbuch zu schreiben, dessen Arbeitstitel zunächst „Zweigroschenoper“ hieß, nach Fertigstellung aber als „Maus und Katz“ in der ARD gesendet wurde.

Es handelte, natürlich, vom Bahnhofsviertel und dem x-ten Versuch der Stadtväter das dortige Gewerbe vor die Tore der Stadt zu verdrängen. Wie üblich mit einer sogenannten „Sperrgebietsverordnung“ und im Auftrag der Banken, denen widerstrebte, dass zu Füßen ihrer Paläste ein derart kriminelles und unmoralisches Treiben herrschte. Dass oben bei ihnen, im 30. Obergeschoss, viel, viel kriminellere und unmoralischere Geschäfte abgeschlossen wurden, war kein Thema. Nun hatte die Stadt dergleichen schon mehrmals versucht, war aber immer wieder, spätestens beim hessischen Verwaltungsgerichtshof gescheitert.

Das lag zum einen daran, dass das Gericht immer erkannte, wie die Stadt die Prostituierten und die Bordellbetreiber ausgetrickst hat, weil sie wussten, dass die keine Lobby haben. Und es lag an einem Anwalt, der, zuerst fast zehn Jahre lang Ordnungsamtsleiter, die Seiten wechselte und fortan der Stadt eine gerichtliche Niederlage nach der anderen zufügte, Torsten Schiller! Anfang der 80er hat er in einem FAZ Artikel unter der Überschrift „Die Prostituierten sind immer schuld“ ironisch die Praktiken der Stadt entlarvt.

Nun wollten die Stadtväter auf Nummer sicher gehen und dem Druck der Banken folgen, im Bahnhofsviertel endlich „Sauberkeit“ einziehen zu lassen. Dieses Mal verließen sich die Stadtväter nicht auf ihre Gesetze, sondern begannen eine deftige Intrige. Zunächst sondierte man unter dem damaligen Bürgermeister Wallmann die Gegnerschaft. Wer könnte auf die Seite der Stadt gezogen werden?

Die Wahl fiel auf das Brüderpaar Beeker, das seit Jahrzehnten im Milieu Häuser besaß, Cafés, Kneipen und Bordelle betrieb oder vermietete, oft als Strohmänner eines noch viel reicheren Frankfurters, des Investors Buchmann, mit dem die Stadt schon mehrere große Immobiliengeschäfte getätigt und dabei nicht immer gut ausgesehen hat. Buchmann hatte ganz früh nach dem Krieg mit der „New York City Bar“ in der Moselstrasse begonnen, sein Riesenvermögen zu gründen. Dieses Trio B und BB firmierte nun als eine holländische, anonyme Gesellschaft. Das deswegen, weil die anderen Jungs aus dem Milieu nicht wissen sollten wer dahintersteckt, damit nicht Neid oder Streitigkeiten ausgelöst wurden.

Die Stadt hatte mittlerweile intern beschlossen, das Bahnhofsviertel erneut durch eine neue Sperrgebietsverordnung zu säubern. Um keine Gegenwehr und keine Klage zu riskieren, sollte diesmal das Milieu zustimmen. Dafür musste man ihm etwas anbieten, was so groß war, die Bordellstruktur des Bahnhofsviertels zu ersetzen. Ideal erschien ein Grundstück in der Breite Gasse, das sich bis zur Zeil und nach hinten bis zur Lange Strasse erstreckte. Problem war, das Grundstück gehörte der Stadt und hätte nur mit Genehmigung des gesamten Stadtrates verkauft werden dürfen, und auch nicht an Prostitutionsunternehmer, wie sich die Stadt mit einem Gesetz aus den 50er Jahren selbst eingeschränkt hat. Also wurde wieder getrickst.

Das Grundstück wurde getauscht mit einem anderen, das dem „Allgemeinen Almosenkasten“, einem Verein aus dem 19. Jahrhundert, gehörte. Der AA, eine Einrichtung zur Speisung der Ärmsten, gehörte der Stadt und unterstand alleine dem Städtischen Kämmerer. Also winkte die Stadtverordnetenversammlung den Tausch ab, nicht wissend, was der AA mit dem Grundstück wirklich vorhatte. Als das gelungen war, verkaufte der AA das Grundstück an die bereits erwähnte holländische Gesellschaft und das Bauamt gab auch gleich eine Baugenehmigungszusage für ein Bordell mit hunderten von Zimmern. Die Unterschrift unter den Deal mit der Stadt leisteten die Beekers aber erst, als sie, angesichts der Unzuverlässigkeit städtischer Zusagen, einen Zusatzpassus in den Kaufvertrag brachten: „Sollte es der Stadt nicht gelingen, ihre Sperrgebietsverordnung durchzusetzen, muss sie eine Mietausfallbürgschaft von 80 Millionen Mark leisten.“

Denn klar war, blieb nur ein Puff offiziell im Bahnhofsviertel, würden auch die anderen nicht umziehen wollen, dort wo täglich hunderttausende potentielle Kunden vorbeiziehen. Gesagt, getan, unterschrieben.

Nun waren die Beekers an der Reihe! Sie sollten für das neue Bordell werben und die anderen Puffbesitzer dazu bringen, dorthin zu ziehen, zu mieten und auf Klage für ein weiter bestehendes Bahnhofsviertel zu verzichten.

Die Beekers und ihr Partner Buchmann begannen mit der „Aufklärungsarbeit“ unter der Konkurrenz. Sie wüssten ganz, ganz vertraulich, dass dieses Mal eine hundertprozentig sichere Verordnung alle Puffbetreiber aus dem Bahnhofsviertel rausschmeißen würde, weil, erstmals auch für die Verwaltungsrichter erkennbar, ein geeignetes Ersatzgelände bereitstand! Nun hieße es, schnell, schnell mieten. Angeblich wussten auch die Beekers nicht, wer hinter der anonymen, holländischen Gesellschaft stand und behaupteten, die Stadt habe sich diesen Partner auserkoren.

Da alle Interessenten sahen, dass in der Breite Gasse ein Riesenbau entstand, beschlossen sie, wenn auch zögerlich und nach und nach, dem Umzug zuzustimmen.

Kontingente von Zimmer und Fluren wurden von den einzelnen Bordellunternehmern gebucht, die Ladenkolonie im Parterre fand Kneipen und Barbetreiber als Mieter und alles war auf einem guten Weg.

Da gab es auf einmal eine kleine Indiskretion und ganz Frankfurt fragte plötzlich öffentlich: „Was ist da los? Hat unser Bürgermeister Wallmann heimlich die Beekers getroffen und mit denen etwas gemauschelt?“

Wallmann bestritt kategorisch diesem Mann je begegnet zu sein. Er sagte, „dieser Mann“, doch welchem von Beiden ist er nie begegnet, und dem anderen?

Die Bordellbesitzer wurden misstrauisch, und tatsächlich gelang es ihnen, hinter den anonymen Eigentümern der holländischen Gesellschaft den Frankfurter Großinvestor Buchmann auszumachen. Sofort platzte der Deal unter den Bahnhofsviertel Jungs.

Einem der Ihren vollständig ausgeliefert zu sein, nein, das wollten sie nicht. Sie stornierten die Vormietverträge und griffen auch gleich mittels des bekannten Anwalts die neue Sperrgebietsverordnung an und ... gewannen.

Die Stadt übte Rache! Monatelang trieben Polizei und Ordnungsamt in täglichen Razzien die Jungs und Mädels aus Bars, Bordellen und Spielclubs auf die Strasse. Die Beekers bekamen unter irgendeinem Vorwand einen Haftbefehl, der eine flüchtete nach Israel, der zweite ins Krankenhaus, wo er ein neues Herz bekam, es aber nicht lange überlebte. Aber es nutzte nix. Fazit: Eine Riesenbauruine in der Breite Gasse, in die dann später ein Herzzentrum einzog, das allerdings auch pleite machte. Die Stadt zahlte die vereinbarten 80 Millionen, so dass den Erbauern nicht wirklich ein Schaden entstand. Und das Bahnhofsviertel sprießt weiter vor Leben wie bisher.

Nur eins bleibt, eine spannende Frage: Sind sich Beeker und Wallmann je persönlich begegnet?

In meinem Film „Maus und Katz" habe ich die Frage beantwortet. Leider, und das passt natürlich, war der örtliche Sender, hr, zu feige, die Story eins zu eins zu drehen. Der WDR sprang ein und verlegte das ganze Geschehen ins Rheinland. Mario Adorf spielte den Bürgermeister, Dieter Mann Hersh Beeker, Ulrich Tukur einen Journalisten der FAZ und jede Menge bekannte Darsteller den Rest des tragischen Komödienpersonals.

Die Quellen

Der Tod des Schamhaars	Bild	April	2009
Das Strafmandat	Autostop	Heyne TB	1987
Die Hamstertour	Mordlust Antho	Krimimagazin Bankräuber	1987 1989
Der Totengräber	Zeit	Magazin	1990
Arbeit?	Notizen aus der Mülltonne	Erzählband Dumjahn Verlag	1983
Zur letzten Unruh	Risse im Fegefeuer Ingeborg Drewitz Passwort Irrenhaus	Anthologie Literaturpreis Wien	 1989 1994
Schilfrohr	Schonzeit für Diebe	Anthologie	1986
Das Päckchen	Rückkehr in den Regen	Erzählband Ali Baba	1984
Der Vitaminstoß	Autostop	Heyne TB	1987
Lisa	Lui "Mein heimliches Auge"		1980 2007
Louisa	Rückkehr in den Regen	Erzählband	1984
Das Haus in den Bergen	Autostop	Erzählband Heyne TB	1987
Habbelrath	St. Pauli Nachrichten		1985
Das Bedürfnis	"Als wärs gestern gewesen"	Anthologie	
Der Abwinker	Der Puffpoet	Erzählband Heyne	1986
Wir bleiben hier, wo wir sind!	Der Puffpoet	Erzählband Heyne	1986
Nur vom Feinsten	Stern Magazin	Juni	1990

Bio-/ Biblio- und Filmographie

Peter Zingler geboren 1944, aufgewachsen im Rheinland. Schulabbruch, dann Ein- und Ausbrecher. Lebte in Marokko, Sizilien, Jamaika und in internationalen Gefängnissen. Seit der letzten Haftentlassung 1985 Journalist, Buch- und Filmautor, Regisseur.

Bücher

Notizen aus der Mülltonne	Dumjahn, Mainz	HC
Tod in Kingston	Extrabuch, Frankfurt	HC
Spur 139	Extrabuch, Frankfurt	TB
11 Tage im Frühjahr	Heyne	TB
Rückkehr in den Regen	Ali Baba, Frankfurt	HC
Marokkanische Nächte	Heyne	TB
Lava	Heyne	TB
Jamaikatrip	Heyne	TB
Autostop	Heyne	TB
Der Puff Poet	Heyne	TB
Die Millionen des Dr. Erlemann	Eichborn	HC
Die Seuche	Eichborn	HC
Die Gerichtsreporterin	Lübbe	TB
Alles nur Tarnung	Rowohlt	TB
Dunkelziffer	Heyne	TB
Dunkelziffer	Bertelsmann Club	HC
Der Vitaminstoß	Razamba Verlag	TB
Rotlicht im Kopf	B 3 Verlag	HC
Der Tod des Schamhaars	Vitolibro	frz.Br.

8 Anthologien als Herausgeber und als Autor in vielen Anthos vertreten

Essays, Reportagen und Kurzgeschichten für:
Transatlantik, Zeit Magazin, SZ-Magazin, Stern, Spiegel, Penthouse, Playboy, Lui u.a.
Ingeborg Drewitz Literaturpreis 1989
Krimi-Stadt-Schreiber von Flensburg 2003

Mehr als 70 Kino und Fernsehfilme seit 1986 bis heute

Eine Auswahl:

Kinofilme

Peanuts – die Bank zahlt alles	1996	Bioskop Film
Alles nur Tarnung (und Regie)	1997	ZZ Film
Der Mottenprinz		in Vorbereitung

Reihen und Serien

Tatort 19 Folgen	1990 – 2014	ARD
Ein Fall für zwei	1986 – 1992	ZDF
Eurocops	1990 – 1991	ZDF
Peter Strohm	1994 – 1996	ARD
Kommissar REX	2000 – 2001	ORF/SAT 1
Gerichtsreporterin	1994 – 1996	ARD
Straßen von Berlin	1996 – 1999	PRO7
Schimanski	2000	ARD
Zechenblues	2000	RTL
Der Fahnder	2001	ARD
Das DUO	2005	ZDF
Ein starkes Team	2007 – 2013	ZDF

TV-Movies

Hüpfendes Fleisch	1990	HR/ARD
Ex und Hopp	1991	ZDF
Maus und Katz	1994	3Sat/ARD
Bauernschach	1994	ORF/ARD
Tödliche Wende	1996	ZDF
Parkhausmörder	1996	RTL
Tresko 1. und 3.Teil	1996	SAT 1
Napoleon Fritz 1. + 2. Teil	1997	ARD
Die Abrechnung	2006	Arte/ZDF
Die Himmelleiter 1. + 2. Teil	2015	ARD

Auszeichnungen

Grimme Preis für den Tatort Kinderspiel 1993
Goldener Löwe´96 und Goldener Gong´96 für Tödliche Wende
Zwei weitere Nominierungen für den Grimmepreis

Die Bände dieser **Mallorca -Trilogie** sind original als eBooks erschienen – je für nur **2,99 €**
(epub, auch als mobi)

Inselkoller – Nase voll vom Paradies? Ein Fehlstart auf Mallorca

Oskars Leben mit der Traumfrau bröckelt – und Mallorca-Deutsche nerven
301 Seiten
ISBN 978-3-86940-208-6

Inselschuss – Verrückt auf Mallorca
Ein Therapie-Comedy-Thriller

Ein Psychologe leidet – und eine Tochter hat die Krise
383 Seiten
ISBN 978-3-86940-210-9

Inseltheater – Hier lauert das Paradies!
Eine Bruchlandung auf Mallorca

Ein braver Student verschwindet – und Oskar steckt im Schlamassel
329 Seiten
ISBN 978-3-86940-206-2

Ein völlig neuer Blick auf Fauna und Flora

Dem Karikaturisten Halbritter ist es gelungen, Tiere und Pflanzen in ihrer natürlichen Umgebung aufzuspüren, von denen seit langem nicht mal die Namen bekannt waren:

Vom Hochhändigen Lachfuß bis zum Finguin, vom Fusseltierchen bis zur Wassermaus und vom Fußpilz über den Ohrleanderstock bis zur Knieeiche werden sie in Wort und Bild vorgestellt. Schöne, im alten Dokumentationsstil gehaltene Zeichnungen mit kurzen, wissenschaftlich anmutenden Begleittexten wirken wie Dokumente:

Diese Flora und Fauna erzählen uns eigensinnige, kluge und gnadenlos komische Geschichten und stellen die Welt buchstäblich auf den Kopf.

Kurt Halbritter
Tier- und Pflanzenwelt

Ein Beitrag zur Naturgeschichte
für alle Schichten des Volkes
Mit vielen Illustrationen des Verfassers
160 S., Hardcover mit Überzug
21 x 21 cm, 17,90 €
ISBN 978-3-86940-111-9

Miese kleine Welt in Nachkriegsdeutschland

Unter dem Tarnnetz der kleinbürgerlichen Idylle lauert in diesem Bilderbogen die Düsternis einer Zeit, in der mehr schuldig wurden, als wir wahrhaben wollen. Halbritter gelingt es, die Volksstimmung unheimlich gut zu treffen und in hunderten ganzseitigen Zeichnungen und zugehörigen Bildunterschriften wiederzugeben.

Dieses Buch ist einzigartig in seiner Bedeutung für die Aufklärung über unsere Nazi-Vergangenheit. Kein Dokumentarfilm, keine historische Schilderung mit belegten Fakten, kein detaillierter Vortrag hat je das geleistet, was Halbritter gelungen ist.

Kurt Halbritter
Adolf Hitlers Mein Kampf

Gezeichnete Erinnerungen
an eine Große Zeit
Mit vielen Illustrationen
des Verfassers
240 S., Hardcover mit Überzug
12,5 x 19 cm, 17,90 €
ISBN 978-3-86940-110-2

Kurt Halbritter (1924 – 1978) arbeitete ab 1952 als freier Zeichner. Seine Vorbilder waren Paul Klee, Daumier, George Grosz. Er veröffentlichte rund zwanzig Bücher, und er gehörte zu einer Gruppe von Zeichnern beim Satiremagazin „pardon“, die später die „Titanic“ gründete und sich die Bezeichnung „Neue Frankfurter Schule“ gab. Er hat diese Gruppe maßgeblich beeinflusst und wurde von seinen Kollegen bewundert. 1978 starb er mit 53 Jahren auf einer Schiffsreise nach Irland an einem Herzinfarkt.